Grand Méchant Patron

Accouplés

Les Loups-Garous de Wall Street
Tome 4

Renee Rose

Lee Savino

Traduction par
Agathe M

Midnight
ROMANCE

Publié aux États-Unis d'Amérique

Renee Rose Romance et Silverwood Press et Midnight Romance LLC et Midnight Romance LLC

Ce livre électronique est une œuvre de fiction. Bien que certaines références puissent être faites à des évènements historiques réels ou à des lieux existants, les noms, personnages, lieux et évènements sont le fruit de l'imagination des auteures ou sont utilisés de manière fictive, et toute ressemblance avec des personnes réelles, vivantes ou décédées, des établissements commerciaux, des évènements ou des lieux est purement fortuite.

Ce livre contient des descriptions de nombreuses pratiques sexuelles et BDSM, mais il s'agit d'une œuvre de fiction et elle ne devrait en aucun cas être utilisée comme un guide. Les auteures et l'éditeur ne sauraient être tenus pour responsables en cas de perte, dommage, blessure ou décès résultant de l'utilisation des informations contenues dans ce livre. En d'autres termes, ne faites pas ça chez vous, les amis !

 Réalisé avec Vellum

Livre gratuit - La Vierge et le Vampire

Abonnez-vous à la newsletter de Renee e Lee

Abonnez-vous à la newsletter de Midnight Romance pour recevoir livre gratuit, des scènes bonus gratuites et pour être averti·e de ses nouvelles parutions ! https://dl.book funnel.com/5p8orhhczq

Livre gratuit de Renee Rose

Abonnez-vous à la newsletter de Renee

Abonnez-vous à la newsletter de Renee pour recevoir livre gratuit, des scènes bonus gratuites et pour être averti·e de ses nouvelles parutions !

https://BookHip.com/QQAPBW

Chapitre Un

Madi

Mes seins se pressent contre les baies vitrées de mon bureau, où je suis plaquée par plus de cent kilos de muscles. La main de Brick se trouve entre mes jambes, ma jupe est remontée jusqu'à ma taille. Je porte des bas, et il glisse les doigts sous ma culotte pour me pénétrer.

— Brick ! haleté-je.

— Pas encore, gronde mon Grand Méchant Patron à mon oreille. Interdiction de jouir avant moi, Mlle Evans.

De sa main libre, il me donne une claque sur les fesses.

— J'ai été en manque *toute*...

Il m'assène une autre claque sur les fesses.

— ... *la*...

Ses doigts sont en moi.

— ... *journée*.

Il me mordille dans le cou.

— Je n'ai pas arrêté de penser à toi.

S'il continue comme ça, je jouirai à son prochain va-et-vient.

— Je ne vois pas très bien... en quoi c'est ma faute.

Mon ton est bien différent de mes mots. Il est rauque et essoufflé.

— Quelle insolente.

Les lèvres de Brick sont juste derrière mon oreille. Son souffle chaud balaie ma peau. Il baisse ma culotte.

— Je vais m'occuper de ce besoin pressant, ajoute-t-il en collant contre moi la partie de son anatomie qu'il veut plonger en moi. Ensuite, je songerai à la forme que pourra prendre ta punition quotidienne.

J'entends le froissement de son pantalon et le bruit de sa braguette.

— Maintenant, écartez les jambes, Mlle Evans.

J'ai un peu de mal à obéir à cause de ma culotte baissée sur les cuisses, alors je danse d'un pied sur l'autre jusqu'à ce qu'elle tombe sur mes talons aiguille.

Qu'importe. Brick perd déjà le contrôle. Il n'est plus en état de remarquer si j'exécute ses ordres ou non. Il me tire les hanches en arrière pour que j'aille à la rencontre de son coup de reins, et il me pénètre d'un seul geste souple.

Je pousse une exclamation. Comme toujours, c'est trop fort, mais absolument délicieux. J'adore la sauvagerie de Brick, sa passion et son côté dominateur. Il devient comme ça en fin de journée. Ça me plaît qu'il me désire au point de ne pas pouvoir attendre notre retour à la maison, qu'il soit obligé de fermer la porte de mon bureau à clé, de faire tomber tout ce qui se trouve sur mon bureau et de glisser la tête entre mes jambes avant même de pouvoir envisager de me ramener à notre penthouse.

Ce soir, c'est la même chose. J'ai dû m'attarder pour préparer une réunion avec les représentants de notre filiale française demain, alors il est déjà 19 h 30. Il ne reste personne au dernier étage, là où Eleanor et moi faisons tourner la boîte.

Et c'est tant mieux, car s'il y avait des gens, ils entendraient les cris que m'arrache Brick quand il est dans cet état.

Il plaque une main sur la vitre, à côté de mon visage, et de l'autre, il me tient les hanches pendant qu'il va et vient sans ménagement.

— Je vous ai dit d'écarter les jambes, Mlle Evans.

Ah, il a remarqué, finalement.

J'obéis, ce qui renverse davantage mon bassin en arrière. Le membre de Brick plonge avec plus de profondeur et glisse contre mon point G.

— Brick ! m'exclamé-je.

— Inutile de m'appeler Brick, Madison Evans. Je sais que vous voulez jouir. Mais qu'est-ce que je vous ai dit ?

— Que je dois... attendre, haleté-je.

Je commence déjà à avoir du mal à formuler des phrases.

— Exact, dit-il en me pénétrant avec plus de force.

— Oh, Seigneur.

— Prends ça, petite humaine.

— Je... je ne peux pas, protesté-je d'une voix plaintive.

Bien sûr que je peux. Je suis en train de le faire. Et c'est délicieux. Mais je veux désespérément jouir.

— Si je suis trop brusque, c'est parce que mon loup attend quelque chose de toi.

Mon cerveau ne comprend plus rien. J'ignore de quoi parle Brick.

Mais c'est peut-être lui qui perd le fil, car ses coups de reins deviennent plus sauvages. Il perd son rythme ainsi que son souffle.

La main qui me maintient les hanches glisse devant moi.

Consciente de ce qui va suivre, je ressens un tremblement dans mes jambes. Le plaisir s'épanouit dans mon centre.

— Tu sais ce qu'il veut, Madison ?

Brick fait planer ses doigts au-dessus de mon clitoris. Il lui donne une petite tape.

— Il veut...

Il se déconcentre à nouveau. Il prend une grande inspiration et retient son souffle.

— Maintenant, ordonne-t-il.

Il plonge profondément en moi et éjacule. Il caresse enfin mon clitoris, et je pousse un cri, submergé par un orgasme puissant. Mes muscles internes aspirent Brick.

Quand c'est fini, je ne tiens même plus debout. Je m'effondre dans les bras de Brick, qui me soulève et me porte jusqu'à mon bureau, s'asseyant sur mon fauteuil tout en m'étreignant.

— Il veut des louveteaux, Madi. Mon loup veut des louveteaux.

* * *

Brick

Le regard de Madi se fait plus acéré sur mon visage.

— *Quoi ?*

Merde. Je ne voulais pas remettre le sujet des louveteaux sur le tapis. Nous en avons déjà discuté. Elle vient de commencer un nouveau boulot et fait tourner la plus grosse boîte de cosmétiques du monde. Celle dont elle héritera sans doute. Elle n'est pas prête à fonder une famille.

Je secoue la tête.

— J'ai dit ça sur le coup de l'excitation, Découpe. Je ne le pensais pas.

Elle me regarde, hébétée.

— Mais c'est vrai ? Ton loup veut se reproduire avec moi ?

Je me passe une main sur le visage.

— Je ne sais pas si je dirais ça *comme ça*.

— Ton loup a sans arrêt de nouvelles exigences, hein ? Pitié, dis-moi que tu ne risques pas la folie lunaire si je ne tombe pas enceinte dans les six mois.

Je souris.

— Pas de folie lunaire en vue. Mais des rapports fréquents seront indispensables. Te voilà prévenue.

Ses paupières se ferment à moitié, et elle frotte le visage à mon cou.

— Je ne m'en plains pas, Grand Méchant.

Je la prends par le menton et m'empare de sa bouche, m'assurant de l'avoir longuement embrassée avant de me mettre debout, Madi toujours dans mes bras.

— Allons-y, dis-je. Je n'ai pas pu te nourrir ce soir, et ça rend mon loup grognon. Je veux te voir nue dans mon lit.

— *Notre* lit.

Je m'arrête et croise son regard.

— *Notre* lit, oui. Tu sais que tout ce qui est à moi est à toi, hein ?

Malgré les conseils d'avocat d'Eagle, j'ai ajouté le nom de Madi à tous mes comptes, et j'ai modifié mon testament pour en faire mon héritière avec mon neveu et ma nièce. Si quelque chose m'arrive, je veux m'assurer qu'Auggie pourra prendre la tête de l'entreprise et de la meute quand il sera en âge de le faire.

Le regard de Madison est plein de douceur.

— Je sais, dit-elle.

Je commence à la porter vers la porte, mais elle me montre sa culotte par terre. Je me penche pour la ramasser sans lâcher mon trophée.

— Tu peux te débarrasser de tous les meubles, tableaux et babioles que j'ai au penthouse pour les remplacer par des objets à ton goût, si tu veux. Ou le remplir de choses que l'on choisira ensemble. Faisons ça, d'ailleurs. Je veux que tu t'y sentes chez toi. Je sais que tu as quitté Brooklyn pour moi.

— Je te taquinais, Brick. Je sais que tu veux que je me sente chez moi. Il y a un temps d'adaptation, c'est tout, mais je m'y fais.

— Virons mes affaires. Tu t'y feras plus vite.

— Il n'y a aucune raison de virer tes meubles du penthouse, ils sont parfaitement adaptés.

Madi ponctue ces mots de battements de talons aiguille.

Je la porte jusqu'à l'ascenseur.

— L'adaptation à laquelle je tiens le plus concerne ma famille, ajoute Madi.

Je m'arrête une nouvelle fois. Mon loup tient à résoudre tous les problèmes qu'elle mentionne. Tous les obstacles à notre union. Tout ce qui la dérange doit être réglé.

— Ta mère ne me fait pas confiance, deviné-je.

Madison hausse les épaules.

— Je n'arrête pas de lui démontrer que tu es très différent de mon géniteur, mais je crois que le fait que j'aie accepté ce poste tout en emménageant avec toi lui fait associer ma nouvelle vie aux Harrington.

— Et Brayden ?

Elle se penche dans mes bras pour presser le bouton d'appel de l'ascenseur.

— C'est un mec de dix-huit ans. Il n'a pas vraiment d'opinion sur ma vie amoureuse.

— Une voiture, ça lui plairait ?

J'entre dans l'ascenseur et appuie sur le bouton du parking souterrain. Madi m'y a fait réserver une place.

— Non, Brick, répond-elle d'un air exaspéré.

J'essaye toujours d'assimiler le fait que l'argent ne résout pas tout, avec sa famille. D'ailleurs, cela a plutôt tendance à exacerber les problèmes.

— Il ne sait même pas conduire. Et tu as déjà acheté un immeuble entier près de sa fac, il n'aura aucun mal à rentrer à pied.

— Il ne sait pas conduire ? Je peux lui apprendre.

Madi se détend dans mes bras.

— Ça serait... vraiment super. Il n'a jamais eu de figure paternelle. Enfin, je ne dis pas que tu as l'âge d'être son père.

— C'est le cas, pourtant.

Je lui fais changer de position dans mes bras pour qu'elle chevauche ma taille, et je la plaque contre la paroi de l'ascenseur. J'ai besoin d'être en elle. *Encore.*

Mon désir pour ma compagne atteint des proportions ridicules.

— Je l'emmènerai dans les Berkshires, il pourra s'entraîner sur les petites routes.

— Ce serait sympa.

— Attends, dis-je, mon bassin collé au sien. Tu sais conduire, toi ?

— Non.

— Je vous apprendrai à tous les deux. Et à Aubrey aussi, si elle veut.

L'expression de Madi s'éteint quelque peu.

— Je ne sais pas si elle en aurait envie, dit-elle d'un ton vaguement abattu qui ne me plaît pas.

L'ascenseur s'ouvre sur le parking sousterrain, et je la porte jusqu'à ma Jaguar.

— Elle me déteste ? m'enquiers-je.

— Non, répond Madi, bien qu'elle ne semble pas très convaincue. Enfin, elle ne t'aime pas. Mais je ne crois pas que ce soit pour ça. Je pense... qu'on se manque.

Je fronce les sourcils. Je ne maîtrise pas du tout le sujet. Les amitiés entre femmes, ça me dépasse. Alors les amitiés entre *humaines*, n'en parlons même pas. Puis je réalise quelque chose :

— Je monopolise tout ton temps libre.

— Il n'y a pas que ça, dit-elle, d'un ton toujours abattu.

— Quoi, alors ?

À regret, je repose ma compagne et lui ouvre la portière passager.

Elle se glisse dans l'habitacle avec un soupir. Quand je m'assois derrière le volant, elle répond :

— Il y a de la distance entre nous. Elle trouve que j'ai changé. Et c'est sans doute le cas, avec cette histoire de luna et tout. Mais je ne peux pas lui en parler. Je ne peux rien lui dire, et donc, on n'a plus beaucoup de sujets de conversation. Je me retrouve subitement directrice générale de Torrent Cosmetics, en ménage avec mon mec milliardaire. Elle manifeste contre les gens comme moi, d'habitude. Elle ne doit plus me reconnaître. Ça me pèse.

Et ça me pèse que ça lui pèse.

Le loup en moi a envie d'arracher la gorge de quelqu'un. Le patron en moi a envie de virer quelqu'un. Le milliardaire en moi a envie de régler ses soucis avec des billets. Bien entendu, aucune de ces trois réactions n'arrangerait quoi que ce soit.

Mon téléphone se met à sonner, mais je l'ignore et sors du parking.

— J'en conclus que l'inviter dans les Berkshires n'arrangerait rien.

— Non, pas vraiment. Elle est comme ma mère. Elle se méfie de l'argent.

— Envoie-lui un message pour lui proposer un moment entre vous demain soir.

Madi me jette un regard.

— Genre, chez nous ?

Mon portable se remet à sonner. Je l'ignore à nouveau.

— Chez elle. Vous pourrez regarder un film des années quatre-vingt, ou les trucs que vous aimez faire ensemble.

Elle sort son téléphone, mais avant qu'elle puisse taper son message, elle reçoit un appel. Elle hausse les sourcils d'un air surpris.

— C'est Billy. C'est sans doute lui qui cherchait à te joindre.

Elle décroche et enclenche le haut-parleur.

— Billy ? Qu'est-ce qu'il y a ?

— Brick est là ?

Je n'aime pas la tension dans sa voix.

— Qu'est-ce qu'il y a ? grogné-je.

— On a un problème.

Chapitre Deux

Madi

— Voilà le problème, déclare Billy, qui fait les cent pas devant nous.

Nous sommes réunis dans une salle de réunion privée de l'immeuble luxueux de Manhattan qui abrite notre résidence en ville. L'atmosphère tendue se reflète sur le visage des hommes.

— Le roi de Manhattan m'a appelé. Il veut vous voir.

— Pour quoi faire ? gronde Brick, rigide à mes côtés.

— Quand tu as affronté tous tes concurrents au Blue Moon, tu m'as demandé de veiller sur ta compagne. Je savais que nous serions peut-être obligés de fuir, et que nous aurions besoin d'amis haut placés. Alors je lui ai demandé service.

Dans la pièce, tout le monde grogne.

— Je n'ai pas eu besoin de son aide, en fin de compte, proteste Billy.

— Peu importe. Il te fera quand même payer le fait de l'avoir sollicité, intervient Nickel.

— Attendez, les gars, dis-je.

Cette réunion me rappelle l'époque où j'étais assistante et où ils enchaînaient les questions-réponses autour de la table à la vitesse de l'éclair. À l'époque, je n'avais aucun mal à suivre ces échanges en silence, mais maintenant que j'ai voix au chapitre, je compte m'en servir.

— Rembobinez un peu. Il faut que vous m'expliquiez ce qui se passe. À commencer par... il y a un roi de Manhattan ?

— Oui. Thaddeus est le roi vampire.

— Les vampires existent ?

Brick se raidit à mes côtés, et un grondement sourd monte dans sa poitrine. Son loup est fâché.

— Laissez tomber, ajouté-je. Bien sûr qu'ils existent.

— Les vampires sont territoriaux, m'explique Nickel. Ils s'entretuent régulièrement. Les plus puissants d'entre eux s'arrogent le droit de régner sur telle ou telle zone, et ils éliminent les vampires qui s'y aventurent.

— Saletés de sangsues et leurs histoires, grommelle Brick.

Sangsues. Ha, je vois.

— Thaddeus s'est approprié Manhattan il y a quelques siècles, dit Eagle. À l'époque où nos ancêtres arrivaient par bateau. Depuis, il est parvenu à défendre son territoire contre ses rivaux. C'est l'une des sangsues les plus puissantes du monde. J'en connais peu d'aussi vieilles et puissantes que lui.

— Il y a Lucius à l'ouest, murmure Nickel. Il possède un territoire plus grand. Vegas et la plus grande partie de la Californie.

— Il est installé dans l'Arizona, maintenant, dit Eagle. Mais la Californie lui appartient toujours.

— On devrait peut-être lui passer un coup de fil pour lui

suggérer de mettre la main sur New York, intervient Jake. On les monte l'un contre l'autre.

— Pour être redevable envers une autre sangsue ? rétorque Brick. Non. Quand Thaddeus a appelé, qu'est-ce qu'il voulait ?

Brick me frotte le dos d'un geste apaisant. Mais ce n'est pas moi qui ai besoin d'être apaisée, c'est lui. Et je ne sais pas très bien pourquoi. Qu'est-ce qui l'inquiète tant chez les vampires ?

— Il vous a invités à une audience officielle, répond Billy.

— Hors de question que j'emmène ma compagne dans son club, gronde Brick.

J'interviens :

— Attends, quoi ? Il veut seulement qu'on lui rende visite ? Ce n'est pas grand-chose.

D'accord, son invitation semble formelle et un peu coincée, un truc tout droit sorti de la Régence anglaise, mais ce type se prend pour un roi, après tout.

— Non, dit Brick les dents serrées. Pas question.

Ses yeux luisent, tout comme ceux de ses amis. Leurs loups remontent à la surface. Mon cœur s'emballe et mon corps sent qu'il se trouve dans une pièce pleine de prédateurs. Je m'efforce de respirer profondément. Je veux garder mon calme.

— On pourrait le tuer, marmonne Vance.

— Non, on a besoin de lui, dit Eagle.

Les arguments se mettent à fuser dans la pièce.

— Pourquoi ? interromps-je.

— On sait ce qu'on perd, on ne sait pas ce qu'on gagne.

— Ils sont tous fous. Au moins, Thaddeus, on le comprend.

— Il faut qu'on reste dans ses bonnes grâces.

Brick garde le silence, fusillant du regard le vide devant lui. Il est très loin, dans un endroit que je ne comprends pas.

Ça ne me plaît pas. Nous sommes censés faire équipe, tous les deux.

J'en ai marre.

— Hé ! lancé-je parmi la cacophonie des voix. Sifflet.

Je n'ai même pas besoin de sortir mon arme de ma poche. Ils se mettent tous à grimacer et se taisent.

— Expliquez-moi ce qu'il y a de si grave. Pourquoi ne se contenterait-on pas d'aller le voir une bonne fois pour toutes ?

— Déjà, on ne fait pas de courbettes aux sangsues, répond Billy. Pas même aux rois.

— On peut présenter ça comme une visite de courtoisie, suggéré-je. Du moment qu'on ne l'invite pas à boire un coup !

Ma plaisanterie ne fait rire personne.

— Ce n'est pas aussi simple, dit Nickel. Thaddeus est excentrique...

— Tous les vampires sont excentriques, coupe Vance.

— Lui, il est excentrique même pour un vampire. Plus ils sont puissants... plus ils sont étranges...

Ils me cachent quelque chose. Si un jour, j'ai besoin de changer de sujet avec eux, je mentionnerai les vampires. Cette conversation est complètement chaotique.

Je me tourne pour faire face à Brick.

— Explique-moi.

— Il a un club.

— Une boîte de nuit ?

— Pas ce genre de club, intervient Billy. Le sien s'appelle le Twilight.

— Sérieux ? Tu rigoles !

Leurs airs sombres me disent qu'il ne plaisante pas.

— Comme les bouquins ?

Ils me regardent d'un air ahuri.

— Quels bouquins ?

— Vous ne connaissez rien à la pop culture, soupiré-je. Bref, passons. Imaginons qu'on aille voir ce roi pour avoir la paix. Où est le problème ?

— Ce qu'il veut, ce n'est pas une simple visite, répond Nickel. Ce n'est pas ce qu'il entend par « audience ». Il veut que vous...

Il s'éclaircit la gorge.

— ... *divertissiez* son club.

— En participant à un karaoké ? demandé-je d'un ton faussement sérieux.

Vance et Jake éclatent de rire, mais Brick ne se déride pas :

— Non. Ce n'est pas une boîte classique. C'est un club BDSM. Le roi veut qu'on se produise en public.

* * *

Brick

— Je ne comprends toujours pas, dit Madi, pelotonnée sur le canapé après notre retour au penthouse. Ce vampire prétend que tu as une dette envers lui, même si c'est faux, et que par conséquent, on doit se rendre à son club coquin et... participer à une espèce de comédie BDSM ?

— C'est sa façon d'asseoir son pouvoir. Il nous prend pour ses bouffons.

Je fais les cent pas devant les baies vitrées. Mon loup est trop à cran pour que je m'assoie et me détende.

— Ça ne me plaît pas, ajouté-je.

Madi prend son stylet et le pose sur sa tablette comme pour prendre des notes.

— Bon, qu'est-ce qu'il faut faire pour tuer un vampire ?

— Ne me tente pas, dis-je.

Pourtant, mon loup bondit sur ses pattes, enthousiaste. Il adorerait prendre Thaddeus en chasse et lui faire regretter d'avoir voulu jouer avec ma compagne et moi.

— Nickel et Eagle ont raison. Ça a beau être pénible, traiter avec le remplaçant de Thaddeus ne vaudrait pas mieux. Un autre vampire puissant pourrait être hostile envers les loups. Ou pire, plusieurs vampires pourraient rappliquer ici et se battre pour le territoire. Thaddeus est très fort. Je doute qu'un autre de ses congénères soit capable de tenir Manhattan tout seul. La ville finira en une multitude de fiefs et de zones de chasse.

— Ce qu'ils chassent... c'est les humains ?

— Ouais. Et si tout un groupe de vampires chasse sans la supervision stricte d'un roi... Ce sera le chaos. C'est ce qui s'est passé à Londres à la fin du 19e siècle. C'était l'anarchie, jusqu'à ce qu'un roi vampire prenne le pouvoir et oblige ses sujets à faire le ménage. Et par ménage, je parle d'effacer les pensées des humains. Ces morts inexpliquées avaient tout de même laissé des traces, et le roi vampire a dû faire fuiter à la presse que les meurtres étaient l'œuvre d'un tueur en série.

— Oh la vache, dit Madi, faisant tomber son stylet sans s'en apercevoir. Tu veux dire que certains tueurs en série sont en fait des vampires ?

— Oui.

Je me dirige vers le canapé et ramasse son stylet. Nos têtes se retrouvent au même niveau, alors je reste où je suis, tout près d'elle.

— Je vois, dit Madi. Ce n'est pas ce qu'on veut.

Elle se mordille la lèvre, et je perds un instant le fil de la discussion pendant que j'imagine lui faire la même chose.

— Du coup, on a plutôt intérêt à être diplomates avec ce Thaddeus. Pour le calmer.

Elle a raison. Mais ça ne me plaît pas pour autant.

— Il y a tout un monde dont les humains n'ont pas conscience, dit-elle en plissant le nez.

Son odeur ne trahit aucune peur. Seulement de la curiosité. Bien sûr, réfléchir à ces nuances, c'est son fort.

— Divertir ce vampire, ça consisterait en quoi ?

Un grondement monte dans ma poitrine. Je n'ai pas envie de parler des sangsues et de leurs clubs BDSM.

— Ce serait à nous d'en décider. Mais on aurait intérêt à faire ça bien. Plus ce serait divertissant, plus il serait content. Sinon, il estimera que la dette n'est pas remboursée.

— Et dans ce cas ?

— Il demandera autre chose. Te boire, par exemple.

Elle frémit, et je me lève comme pour chasser les monstres tapis dans l'ombre.

— Je ne le permettrais pas, dis-je. Je préférerais encore qu'il me boive.

— Là, c'est moi qui ne le permettrais pas, intervient-elle en me poussant à m'asseoir pour m'enlacer. Personne ne te mord, sauf moi. J'imagine que cette morsure a quelque chose de sexuel ?

Je hoche la tête. Tout ce qui a trait aux vampires m'écœure.

Elle promène les doigts sur ma barbe et les lèvres. En temps normal, je claquerais des mâchoires pour rire, mais je suis toujours préoccupé.

— Qu'est-ce qui ne va pas ? murmure-t-elle.

— Je te mets en danger. Encore.

— J'ai choisi tout ça. Je t'ai choisi. Et on est capables de tout, tu te souviens ? On gagne même quand tout est contre nous. À condition de se battre ensemble.

Elle glisse une main dans mes cheveux, et je colle la tête à sa paume. Je n'imaginais pas aimer être caressé comme ça, et je n'aime toujours pas ça, sauf avec elle.

— J'ai beau ne rien connaître à la politique paranormale, reprend-elle, mais je sais ce que c'est d'avoir affaire à des types à l'ego surdimensionné. Pas que l'ego, d'ailleurs...

Elle m'adresse un sourire coquin.

Ah, je préfère ça. Elle écarte les jambes, et je distingue son odeur. Elle me fait oublier le sujet de notre discussion, et j'en suis content, mais elle continue à disséquer la situation :

— Il a appelé son club Twilight comme les livres. Je parie que ça nous apprend quelque chose sur tout ça.

— Ne cherche même pas à comprendre les vampires.

— Visiter un club BDSM, ça pourrait être amusant. Après tout... on a nos petits scénarios, nous aussi.

Elle lève une jambe et la frotte contre moi.

— Aubrey et moi, on a fait une liste de tous nos fantasmes, une fois. Je dois toujours l'avoir quelque part.

— Intéressant, dis-je, baissant la tête pour me frotter à son sein.

Elle m'interrompt :

— Autre chose. Tu devrais engager un publicitaire pour travailler votre image. Les vampires ont beaucoup plus de succès que les loups-garous auprès du grand public. Moi je dis ça, je dis rien.

— Saletés de sangsues, grommelé-je.

Elle rit et m'embrasse.

Chapitre Trois

M^{adi} — rendered below

M *adi*

Les matinées au bureau font partie de mes moments préférés. J'ai toujours la joie d'appartenir à une grosse entreprise, sauf que désormais, c'est moi qui commande.

Entre apprendre à faire tourner la boîte de ma grand-mère et découvrir mon rôle de luna de la meute, mes jours et mes nuits sont bien remplis.

J'ai envoyé un message à Aubrey pour lui proposer de nous voir ce soir, mais elle m'a dit qu'elle croulait sous les révisions. J'imagine que c'est vrai, mais je suis déçue quand même.

Avant, quand nous étions surmenées, nous nous voyions toujours car nous étions colocataires. Et encore avant, nous vivions dans le même immeuble. Désormais, je me contente de me languir d'elle. Non que je puisse lui raconter ce qui m'arrive vraiment, c'est à dire des événements de plus en plus étranges. J'ai l'impression de préparer un doctorat en politique des meutes, avec option culture paranormale.

Sans parler de ce que je viens de découvrir sur les vampires. J'aimerais pouvoir tout révéler à Aubrey, afin qu'elle me donne son avis. Parler de ça à une humaine serait une trahison susceptible de mettre en danger mon compagnon et ses proches, mais je suis tentée quand même.

— Toc toc, lance une voix mélodieuse.

Ruby entre dans mon bureau d'un pas léger, élégante avec son blazer rouge. Je ferme mon ordinateur et quitte mon bureau pour lui faire la bise.

M'adapter au monde de Brick n'a pas été facile, mais j'ai une arme secrète. Ma future belle-sœur est une mine d'information concernant la vie des métamorphes, en plus d'être irrévérencieuse. Sa mère, Catherine, est elle aussi pleine de bons conseils, mais comme Ruby est plus proche de Brick et de mon âge, elle est devenue ma principale confidente.

Aubrey me manque toujours, cependant.

— Tu as faim ? lui demandé-je. Je crois qu'Emerson nous a commandé des steaks-salades. Double dose de steak pour toi.

— Parfait.

Elle me laisse la guider jusqu'à la salle de réunion où nous attendent nos plats.

— Je suis contente qu'on se fasse ça souvent, dit-elle. Depuis que Scarlett est partie pour ses études, les moments entre sœurs me manquaient.

Un frisson enthousiaste me traverse.

— J'ai toujours voulu une sœur.

— Attention à ce que tu souhaites, dit-elle en glissant des morceaux de steak dans la baguette qui accompagnait notre salade pour élaborer un sandwich géant. Une fois les barrières baissées, pas facile de revenir en arrière. Scarlett et moi, on fait la même pointure, et tu n'imagines pas le nombre de fois où j'ai retourné tout mon placard à la recherche d'une de mes paires de Manolo Blahnik, tout ça pour réaliser qu'elle les avait aux pieds. Alors bien sûr, je lui rendais la pareille.

— Je survivrai. J'ai des vêtements à ne plus savoir qu'en faire, maintenant.

— On n'en a jamais trop, dit-elle la bouche pleine, une main devant sa bouche.

J'agite la main pour lui faire signe de manger. On ne plaisante pas avec l'appétit des métamorphes. Ils ont un métabolisme de dingue.

J'attends qu'elle finisse son sandwich pour demander :

— Qu'est-ce que tu peux me dire sur les vampires ?

Elle s'esclaffe.

— C'est au sujet de Thaddeus, hein ?

— Oui.

Je me lève pour vérifier que la porte est fermée à clé.

— Thaddeus, le roi vampire de Manhattan.

— Qu'est-ce qu'il est pompeux, dit-elle en levant les yeux au ciel. Tu comptes manger ça ?

Elle désigne ma baguette, que je fais glisser vers elle.

— Tu es beaucoup plus détendue que les autres quand tu évoques les vampires, commenté-je.

— Thaddeus est beaucoup plus charmant aux yeux des louves que des loups.

— Attends, tu l'as rencontré ?

Elle prend une voix basse et enjouée :

— Tu peux garder un secret ? Une fois, avant d'être accouplée, je me suis rendue au Twilight.

— Alors tu connais son club.

— Les métamorphes se mettent au défi d'y aller, un peu

comme les adolescents se défient de traverser les rails quand un train approche. C'est idiot. Pour le frisson.

— C'était comment ?

— Sombre. Plein de velours rouge et de cuir noir. De danseurs en cage. De pièces privées à l'arrière pour... jouer.

— Il y a un truc que je ne comprends pas. Pourquoi un vampire posséderait-il un club BDSM ?

— C'est leur truc. Apparemment, boire du sang est terriblement érotique, surtout pour la victime, explique-t-elle en agitant les sourcils. Et certains vampires aiment bien jouer avec des partenaires soumises, surtout des masochistes. Il paraît que la douleur libère des endorphines et rend le sang plus sucré.

Je plisse les yeux.

— À cause des neurotransmetteurs ?

— Exactement.

Je commence à comprendre pourquoi traiter avec les vampires est si compliqué. Ils sont enveloppés de mystère, de charme morbide.

— Tu l'as déjà... laissé te mordre ?

— Non.

Elle pisse le nez, et je prends note : flirter avec le danger, c'est amusant, mais les véritables jeux de pouvoir ne l'attirent pas.

— Oh, on s'est un peu dragués, ce soir-là. Il a tout de suite compris qui j'étais, mais il a été très galant. Il m'a offert un siège aux premières loges, et il est allé dans la salle pour se donner lui-même en spectacle.

— Qu'est-ce qu'il a fait ?

— Il a fouetté une soumise jusqu'à l'orgasme. Pendant qu'une autre le suçait.

Elle dit cela d'un ton tellement nonchalant que je m'étouffe avec mon eau pétillante.

— C'était torride, conclut-elle.

Elle déballe son dessert, un brownie au chocolat noir et aux noix de macadamia, et l'engloutit d'une seule bouchée. Je lui en donne un autre. J'ai demandé à mon assistante d'en commander plusieurs.

— Apparemment, Brick et moi sommes censés nous donner en spectacle devant tout le monde.

Elle se débarrasse des miettes collées à ses doigts, soudain plus sérieuse.

— J'ai entendu. Vous vous en tirerez peut-être avec une petite mise en scène. Soyez divertissants.

— Divertissants.

— Je ne veux pas connaître les détails, dit-elle en agitant la main. Je suis toujours partante pour parler de sexe, mais pas quand ça concerne mon frère.

— Je comprends.

Je souris pour dissimuler une pointe de chagrin. Avec Aubrey, je pouvais évoquer ma vie sexuelle. C'était même presque un passage obligé. Mais pas quand cela implique un roi vampire et l'avenir de la ville.

— Je peux quand même te dire une chose, reprend Ruby. Les vampires adorent les cérémonies. Les rituels et les trucs en grande pompe. Ils sont tellement vieux et puissants qu'ils ont déjà tout vu. Ils s'ennuient. Ils sont en manque de nouveauté.

Mon cerveau tourne à plein régime pour résoudre cette énigme.

— Compris. Tes observations m'aident beaucoup, merci.

— Tu t'en tireras très bien, j'en suis sûre. Au pire, Brick arrachera la tête de Thaddeus.

— C'est ce qu'on cherche à éviter, dis-je d'un ton ironique.

Elle hausse les épaules, peu perturbée par la perspective de violences ou d'une guerre vampires/métamorphes. Une vraie louve : on arrache la tête de l'ennemi, et on réfléchit plus tard.

— Après ça, dit-elle, la cérémonie d'accouplement à organiser, ce sera du gâteau. En parlant de ça...

Elle fouille dans un sac et en sort un classeur.

— J'ai la liste des invités pour votre cérémonie d'accouplement... euh, votre *fête de fiançailles* dans les Berkshires.

Apparemment, dans l'univers des métamorphes, les familles importantes organisent une cérémonie d'accouplement après une revendication. Catherine appelle la nôtre une fête de fiançailles pour faire un clin d'œil à la tradition humaine, mais pour l'instant, rien de ce qui a été évoqué ne rappelle nos rites.

Je passe la liste en revue. Il y a tous les chefs de famille de loups-garous, surtout ceux de notre meute. Quelques autres métamorphes, comme Darius Medvedev, un ours-garou avec qui Brick s'est lié d'amitié.

Mais il manque manifestement plusieurs noms.

— Et ma famille ?

Ruby hésite.

— Je pensais qu'il y aurait uniquement des métamorphes. Certaines de nos traditions n'auraient aucun sens pour des humains...

— Les vampires ne sont pas les seuls à tenir aux cérémonies, on dirait.

Je lui rends le classeur et ajoute :

— Je veux que ma famille soit présente. Et quelques amis.

— Mais...

— Je suis humaine et j'intègre la meute. Ses membres peuvent bien apprendre quelques trucs sur les humains, eux aussi. Vois ça comme un entraînement pour le mariage.

— C'est compris, Luna.

Elle incline la tête, un grand sourire aux lèvres.

On frappe à la porte, et mon assistante lance :

— Une livraison pour vous, Mlle Evans.

Je bondis et déverrouille la porte.

— Merci, Emerson.

— Votre rendez-vous de 13 h est arrivé, dit-elle en me tendant une belle boîte noire ornée d'un ruban rouge.

— J'arrive tout de suite.

Je me tourne vers Ruby, qui a fini d'engloutir son déjeuner. Elle jette un regard à la boîte.

— On dirait un cadeau de Brick.

Je l'examine.

— Il n'y a pas de message.

Je dénoue le ruban, et Ruby se lève aussitôt.

— Tu sais quoi ? Je file. Je ne veux pas voir ce que t'a envoyé mon frère.

— Tu es sûre ? m'enquiers-je avec un sourire en coin. Je pourrai te parler du scénario qu'on prévoit pour le club...

— Non non.

Elle quitte la pièce en se couvrant les oreilles et en chantonnant « Lalala... »

Hilare, je retourne à ma boîte. C'est vrai que je suis plus à l'aise à l'idée de l'ouvrir en privé. Elle est lourde et sent divinement bon. Comme un parfum hors de prix, frais et floral.

Niché dans du papier de soie blanc se trouve un ensemble de lingerie en dentelle, un soutien-gorge ainsi qu'un porte-jarretelles. Des bas. Pas de culotte.

Mon rendez-vous de 13 h patiente, mais je prends le temps d'envoyer un message à Brick :

C'est ta façon de me dire qu'on va répéter notre numéro pour le club ?

Sa réponse est instantanée. Il devait attendre mon message.

Ce soir. J'ai une réunion avec l'équipe de direction, mais je rentrerai avant 20 h. Attends-moi dans notre chambre. Sans rien, sauf des talons hauts et le contenu de la boîte.

Je serre les cuisses. Mon estomac descend en piqué, comme si j'étais sur les montagnes russes et que je montais lentement avant la chute soudaine.

Je lui réponds : *Oui Monsieur.*

C'est parti...

* * *

Brick

Cette journée est interminable.

Sully se glisse dans mon bureau pile quand j'achève mon travail.

— Le roi vampire a envoyé quelque chose.

— Quelque chose ?

Il agite une enveloppe gaufrée. Je sens la puanteur du vampire d'ici, froide et métallique.

— La date est fixée, annonce Sully.

Je serre les dents. Les vampires adorent leurs petits jeux.

Un alpha puissant tel que moi ne devrait pas devenir le jouet d'un vampire, surtout en public. Mais Thaddeus est un allié de poids. Se donner en spectacle dans son club avec une compagne fraîchement revendiquée est une vieille tradition au sein du peuple paranormal de New York. Me soustraire à ses exigences après lui avoir demandé service serait un affront.

Quoi qu'il en soit, si je n'avais pas perçu l'odeur d'excitation de Madison lorsqu'elle a appris la requête de la sangsue, j'aurais dit non au roi vampire, et tant pis pour les conséquences. Mais cela a attisé le désir de Madi. Elle n'a jamais mis les pieds dans un club BDSM. Jamais connu les rituels sexuels qui ont cours dans ces établissements.

À mon avis, l'atmosphère du club et ce que nous y ferons réalisera plusieurs des fantasmes de ma compagne, friande de domination. Et même des fantasmes qu'elle ignorait avoir. Je sais que mon autorité la fait mouiller.

Et ses désirs sont des ordres.

L'idée de l'afficher dans ce monde, d'être son guide dans la débauche, m'excite. Une part de moi est impatiente de la dominer au club. Une autre craint que mon loup soit incontrôlable et mette en pièces les hommes qui la reluqueront.

Mais elle sera sous mon contrôle en permanence. Personne ne la touchera. En plus, je pourrai lui bander les yeux, si je ne veux pas qu'elle regarde d'autres hommes. Mmm. Ce qui apaiserait mon loup, ce serait de la tenir en laisse.

Une fois dans notre immeuble, j'ignore l'ascenseur et prends l'escalier. Je monte les marches quatre à quatre. Je maudis le roi vampire de nous avoir fourrés dans cette situation, mais ce soir ? Ce soir, nous sommes entre nous. Concentrés sur les sensations et sur le lien que nous partageons.

Son odeur attise mon désir dès que j'arrive sur le palier du penthouse. Le membre pressé contre ma braguette, je la traque, la chasse comme une proie. Je tourne la clé dans la serrure et entre. Je trouve Madi dans notre chambre. Elle a obéi à mes ordres, comme je m'en doutais. Ma compagne ne me déçoit jamais.

Elle se trouve dans l'ombre, jambes écartées, mains sur la tête.

Elle est parfaite.

— Gentille fille, dis-je d'une voix langoureuse.

— C'est vrai ? demande-t-elle avec sensualité.

* * *

Madi

Brick avance dans la pièce comme un prédateur.

— Oh, que oui, répond-il.

J'ai des crampes dans les mollets à cause de l'attente. J'ai l'habitude des talons inconfortables, mais rester immobiles de longues minutes ? Je ne sais pas comment font les mannequins.

Cependant, maintenant qu'il est là, je sais que mes efforts valaient le coup. Sa présence envahit l'espace de son odeur boisée, et d'autre chose... sa domination. Elle m'enveloppe, couvre mes sens. Les muscles crispés de mon dos et de ma nuque se détendent. Après une longue journée au bureau à donner des ordres, j'aime bien laisser le contrôle à quelqu'un d'autre. Je peux enfin éteindre mon cerveau et me laisser porter.

Tandis qu'il me tourne autour, je sens qu'il m'observe. Je garde les yeux droits devant moi.

— Ce soir, c'est un test. Une répétition avant notre scénario au club.

Mon cœur tambourine au rythme de ses pas.

— Tu obéiras à chacun de mes ordres. Immédiatement et sans poser de questions.

Oui !

— Au Twilight, les projecteurs seront braqués sur nous. Ils voudront avoir la preuve de ma domination.

— Je comprends, dis-je, le souffle court.

Son poing se serre sur mes cheveux pour me renverser la tête en arrière.

— Non, je crois que tu ne saisis pas bien. Tout le monde nous regardera.

La perfectionniste en moi est ravie. La pression m'aide à me dépasser, et quelque part, j'ai envie de crâner. De me donner à fond, et de démontrer que je suis parfaite.

— Ils voudront savoir qui commande. Et tu connais la réponse à ça, non ?

— Oui Monsieur.

Il s'arrête, et sa chaleur me submerge, m'obligeant à retenir mon souffle.

— Qui est le maître de ton corps, Madi ?

— Vous, Monsieur.

Ma voix est étranglée par l'excitation. Je pourrais presque défaillir.

— À genoux.

Brick jette un oreiller par terre et me tend la main pour que je garde l'équilibre en m'agenouillant. Je suis soulagée de ne plus être debout sur mes talons hauts. Brick ouvre lentement la boucle de sa ceinture, puis la fait glisser dans les passants. Il la plie en deux et abat le cuir sur sa paume dans un claquement.

Je sursaute. Je tremble, à présent, mi-excitée, mi-stressée.

— Sors ma queue, ordonne-t-il.

Je me hâte de déboutonner son pantalon hors de prix et d'ouvrir sa braguette. Son érection, prisonnière de son boxer, surgit lorsque je le baisse.

Sur le point de saisir son sexe, je me ravise, attendant ses ordres. Je croise son regard.

— Je peux ?

— Saisis-la, Madi, fermement à la base. Voilà.

Il pousse un grognement approbateur quand je serre le poing.

— Porte-la à ta bouche.

Toujours désireuse de faire plaisir, j'aime les instructions claires. Comme ça, inutile de me demander s'il aime ce que je fais ou non. Il me dit quoi faire, et je m'exécute.

J'ouvre les lèvres et me penche en avant, le dos bien droit, les fesses posées sur mes talons pour avoir le bon angle. Je commence doucement, léchant les contours de son gland grâce à de petits coups de langue.

L'érection de Brick devient encore plus dure, comme de l'acier.

— Écarte les cuisses pour que je sente mieux l'odeur délicieuse de ton excitation.

Sa voix est gutturale. Brusque.

J'écarte grand les genoux, consciente de la vision que je dois renvoyer. Je ne me suis jamais vraiment sentie bien dans ma peau. Je n'étais ni fine, ni athlétique, ni gracieuse. Mais en cet instant, mon corps me semble tout puissant. Glorieux, même.

C'est grâce à Brick.

Et mon besoin de le satisfaire n'a jamais été aussi fort.

Je prends le bout de son sexe en bouche et l'y garde tout en faisant aller et venir mon poing.

Il gémit.

Puis je fais bouger ma tête de concert avec ma main, le prenant profondément avant de revenir à son gland. Je commence à trouver mon rythme quand Brick m'arrête brusquement :

— Ça suffit !

Je le lâche aussitôt dans un bruit mouillé et le regarde.

L'espace d'un instant, je crois avoir fait une bêtise, avant de réaliser que c'est le contraire. Il était déjà aux portes de l'orgasme, et il ne veut pas jouir tout de suite.

— Allonge-toi sur le ventre sur le lit, les bras et les jambes bien écartés.

Je me dépêche d'obéir. Je suis déjà mouillée après l'avoir sucé. Ce qu'il s'apprête à me faire m'excite follement.

Je l'entends arpenter la pièce derrière moi.

— Lève le bassin, ordonne-t-il avant de glisser un coussin sous mon pelvis.

J'ai désormais le derrière en l'air, la présentation parfaite pour une fessée. Il ne me touche pas, cependant. Il prend son temps et se sert de larges bandes de satin rouge pour m'attacher les poignets, puis les chevilles, aux colonnes du lit.

J'ai beau être sur le ventre, incapable de voir ce qu'il fait, il me bande les yeux. Cela m'aide à me concentrer sur le moment présent. À écouter Brick, pas seulement avec mes oreilles, mais avec chacune de mes terminaisons nerveuses. Chacune de mes cellules. Avec tout mon être. Je frémis quand quelque chose de très doux descend le long de mon dos. Des lanières en velours, peut-être. Un martinet ?

Il l'abat doucement, et les lanières effleurent mes fesses.

Oui. Un martinet.

Brick se met à me fouetter lentement, décrivant des huit avec l'accessoire. Ça ne fait pas mal du tout.

C'est simplement fantastique.

Je lève les fesses pour en redemander. Il intensifie ses gestes, et ma peau se met à chauffer davantage. Ça pique un peu, désormais. Mais ça reste agréable.

Puis il abat le martinet sur le bas de mes fesses, avec plus de force.

Je halète, les pointes de pieds tendues, les muscles contractés.

— Non non, dit-il en me tapant sur le derrière. Tu crois pouvoir serrer les fesses pour m'empêcher de m'y glisser ?

Il les écarte, et je sens une giclée de lubrifiant froid.

— À qui appartient ce cul ? demande-t-il en y insérant un doigt, massant l'anneau de muscle jusqu'à ce qu'il se détende. Mmm ?

— À vous, Monsieur.

Il glisse un deuxième doigt. Mon sexe se referme sur le vide. Je serre inutilement les muscles des cuisses pour essayer de fermer les jambes.

Sentir ses doigts en moi me semble à la fois érotique et mal. Je m'efforce de me détendre, de me soumettre à sa volonté.

— Quel dommage. Tu voudrais avoir quelque chose dans la chatte aussi, hein ?

— Oui ! m'écrié-je.

Il a raison. Je tire sur mes poignets pour me libérer, pour glisser une main entre mes jambes.

— J'ai une idée. Voyons comment tu supportes le plug anal et le fouet. Si tu es bien sage, je te mettrai un vibromasseur puissance maximale entre les jambes.

— Aaah.

Je gémis et grogne à la fois. Il excite déjà mes sens en me racontant ce qui va suivre. Le simple fait d'imaginer la scène me donne envie de le supplier de me faire jouir.

— S'il te plaît, Brick, chevroté-je.

Il ôte les doigts d'entre mes fesses et applique plus de lubrifiant, suivi du bout arrondi d'un plug anal en acier. Je me contracte face à cette sensation.

Brick saisit mes fesses à pleines mains et les secoue.

— Détends-toi, bébé. Montre-moi que tu veux être bien sage.

Évidemment, je dois faire mes preuves.

Je me détends, et Brick insère le plug, m'étirant plus que je ne l'aurais cru possible. Ça brûle un peu, et je lâche une plainte.

— Pousse, me conseille Brick.

Je pousse sur le plug avec mes muscles, ce qui m'ouvre à lui. Un instant plus tard, la partie la plus large de l'accessoire est en place. Mon soulagement est instantané.

Mon plaisir est sans limites.

Je gémis.

— Maintenant, contracte-toi dessus pendant que je te fouette, ma petite.

— Je ne réponds pas quand on m'appelle ma petite, réussis-je à lui rétorquer.

— Tu crois être en position de me répondre, là ?

Il abat le martinet en travers de mes fesses, plus fort qu'avant, et je sursaute. Il continue de me fouetter avec, faisant danser mon derrière en flirtant avec mes limites.

Il s'interrompt et fait aller et venir le plug en moi.

— *Pitié* ! gémis-je.

— Tu as besoin de jouir, petite insolente ?

— Oui !

Il va et vient un peu plus, puis allume un vibromasseur.

— Ta chatte aussi veut se refermer sur quelque chose ?

— Oui !

Il me pénètre avec le jouet, l'enfonçant jusqu'à ce que la partie destinée à stimuler le clitoris soit au bon endroit.

Je jouis aussitôt et sans prévenir.

Je suis surprise par l'intensité de mon orgasme. Tout mon corps se tend sous sa force, et malgré le vibromasseur et le plug qui m'étirent, malgré ma chair échauffée par le martinet et la longue attente pendant que je me préparais et satisfaisais Brick, mon orgasme semble interminable.

J'ai l'impression d'avoir été catapultée au centre en fusion de la terre, puis recrachée par un volcan.

Je suis toujours en train de jouir quand Brick ôte le vibromasseur.

— Vous ai-je autorisée à jouir, Mlle Evans ?

Je suis incapable de produire autre chose que des « Aaah oooh ».

— Vous ai-je autorisée à jouir sans moi ?

Je halète. L'orgasme semble enfin s'être conclu, et je suis aussi molle qu'une poupée de chiffon. Je lève la tête et m'humecte les lèvres.

— Non, Monsieur ?

J'entends le bruissement de ses vêtements. Il se déshabille.

— Non, je ne vous y ai pas autorisée. Ça veut dire que vous allez vous faire sodomiser, ce soir. Et sans vibromasseur dans la chatte.

Il ôte le plug anal.

Je sais qu'il ne fait que jouer, mais je me suis tant plongée dans mon rôle de soumise que face à son ton désapprobateur, je commence à m'effondrer.

— Non, dis-je dans une plainte. Je serai sage.

Mais le corps chaud de Brick grimpe sur le mien pour me rassurer.

— Je sais, gronde-t-il à mon oreille.

Il se couche sur moi et glisse une main sous mon bassin pour caresser mon clitoris. Mes fluides enduisent ses doigts. Il les glisse en moi plusieurs fois.

— Tu es toujours sage, murmure-t-il avec approbation

en glissant son autre main sur l'un de mes seins. Même quand tu es très vilaine.

C'est idiot, mais je pense que c'est ce que j'avais besoin d'entendre. Je voulais qu'il m'assure qu'il n'était pas réellement déçu. Que je n'avais rien fait de mal en jouissant sans lui ou avant qu'il me l'ordonne.

Il me libère les poignets, mais laisse mes jambes attachées pendant qu'il lubrifie son sexe.

— Mets les doigts entre tes jambes et dis-moi ce que tu sens, ordonne-t-il d'une voix grave et rauque.

J'obéis pendant qu'il m'écarte les fesses.

— Je suis... mouillée.

Il colle son gland à mon anus.

— Mmm. Et quoi d'autre ?

Il insiste, et s'enfonce aisément, maintenant que j'ai été étirée par le plug.

— Ooooh, gémis-je. Je suis trempée.

Son membre épais plonge en moi, centimètre après centimètre.

Je dois me concentrer pour respirer et me détendre.

— Et gonflée. Je suis très gonflée, en bas.

— Et très serrée derrière.

Brick se met à aller et venir en moi, tout en veillant à se montrer doux. Je sais qu'il se retient, car d'ordinaire, il est beaucoup plus brusque et me pénètre sauvagement, profondément.

Quand je m'habitue à cette sensation, je me mets à la trouver très agréable. J'enfonce trois doigts dans mon sexe, puis quatre. Je n'ai jamais été aussi mouillée et accueillante.

Brick me prend par-derrière, et je me caresse par-devant. C'est intense.

— Je peux... je peux ? demandé-je d'une voix suppliante.

— Attends, répond-il d'un ton haletant.

Il doit être proche de l'orgasme. Il passe une main sous mes hanches, et ses doigts se joignent aux miens.

— Maintenant, Madi.

Nous jouissons ensemble. Brick me donne deux coups de reins supplémentaires et éjacule en moi. Je me contracte sur nos doigts entremêlés.

Dans l'euphorie qui suit, je m'émerveille que chaque jour et chaque nuit avec Brick soient meilleurs que les précédents.

Chapitre Quatre

M *adi*
Après avoir « répété » toute la semaine, pour mon plus grand plaisir, le soir de notre performance arrive.

Le club Twilight se trouve dans un bâtiment gris et banal de Chelsea. Notre chauffeur, Tony, se gare devant, mais avant qu'il ait le temps de sortir ou de nous ouvrir, Brick bondit dehors. Il jette des regards des deux côtés de la rue, gigantesque et intimidant dans son costume sombre. Je le laisse prendre le temps de renifler l'air à la recherche de prédateurs, et j'en profite pour admirer sa silhouette superbe.

La lune nimbe ses cheveux d'argent. Ses yeux luisent, mais quand il cille, ils reprennent leur habituelle couleur bleue.

Une autre voiture se range derrière nous, et Billy et Sully en sortent. Ils claquent leurs portières et se dirigent vers nous comme un seul homme. Même quand ils ajustent leurs boutons de manchettes, ils sont synchros. Mais ce n'est pas le moment de faire une remarque sur leur petite choré-graphie. Ils sont sur les nerfs.

Ils s'entretiennent avec Brick sur le trottoir. J'ai envie de leur lancer *hé, vous m'avez oubliée, ou quoi ?* mais je me mords la langue.

La soirée qui s'annonce les stresse, et je les comprends. Nous sommes techniquement en territoire ennemi. Mais après ma discussion avec Ruby et tout ce que nous avons préparé, je suis plus curieuse qu'autre chose.

Enfin, Brick vient m'aider à sortir. Il est très galant, mais je sens la raideur de son bras.

En plus, la pleine lune n'est pas loin. Thaddeus a-t-il choisi cette date exprès, conscient que Brick serait particu-lièrement susceptible de perdre les pédales ?

D'après ce que je sais des vampires, ce genre de combine est probable.

À présent, j'ai le trac, moi aussi.

Quand nous montons les marches jusqu'à une porte parfaitement ordinaire, je répète ce que Brick et moi avons décidé.

On va faire simple, m'a-t-il dit. Il me donnera des ordres, et je me comporterai en parfaite soumise. Il me penchera sur un banc et me fessera sur ma culotte.

Sous mon manteau en cachemire, je porte une robe. Courte et blanche, facile à soulever. J'ai l'air d'une vierge sacrificielle. Et c'est le but.

À l'intérieur, un carrelage blanc et noir et un chandelier nous accueillent dans l'entrée. Il y a une légère odeur d'en-cens, et un haut-parleur invisible diffuse de la musique clas-sique. Nous pourrions nous trouver à la fête d'une mondaine, sauf que nous sommes salués par une hôtesse vêtue d'une combinaison noire en latex et de talons de douze. Elle prend nos manteaux et nous envoie dans un long couloir bordé de miroirs aux cadres dorés. Au bout se trouvent des rideaux en velours rouge. Brick se place devant moi, comme pour me barrer le passage. Il prend une grande inspiration et ouvre les rideaux. Derrière se trouve une énorme porte d'allure médiévale, faite de bois et de fer. Elle semble épaisse, mais la musique électronique qui retentit dans la salle suivante la fait vibrer.

Brick marque un temps d'arrêt, puis frappe lourdement trois fois.

— C'est parti, grommelle Billy.

La porte s'ouvre en grand, et nous sommes assaillis par les basses. La musique est tellement forte que mes dents claquent. Je n'imagine même pas ce que ça doit être, pour un métamorphe à l'ouïe supersonique.

Je prends le bras de Brick, et nous entrons.

J'ai l'impression d'être une pauvre fille naïve tandis que je traverse le club. Au début, les lieux ressemblent à un bar classique, avec des tables et des chaises déjà occupées par des gens buvant des cocktails ou une bouteille de vin. Des serveurs en chemises de pirates et corsets noirs se faufilent entre les tables avec leurs plateaux.

Un homme élégant en smoking blanc nous sourit, et la lumière fait briller ses canines allongées.

Un vampire.

Je bats des paupières et tente de ne pas penser à ce qu'est vraiment le liquide rouge dans son verre.

Derrière les tables et les chaises classiques se trouve un étrange ameublement. Des bancs à fessée, quelques croix de Saint-André, et d'autres formes plus compliquées faites de bois et de cuir rouge ou noir. Des alcôves fermées par des rideaux bordent la salle, permettant de s'éclipser avec un partenaire pour un moment en privé. La plupart des rideaux sont ouverts, révélant les terrains de jeu.

Certains sont occupés, et j'ai envie de tordre le cou pour voir ce que font les couples ou les trios, mais je n'ose pas les reluquer. J'ai déjà l'impression que Brick et moi tenons le rôle du couple innocent du *Rocky Horror Picture Show*.

Nous sommes flanqués par Billy et Sully. J'étais contre leur présence, mais on m'a signalé qu'il était important que nous soyons accompagnés d'autres loups, dans une démonstration de force. Je voulais qu'ils portent des tenues de circonstance assorties, mais ils n'ont pas trouvé ça drôle.

Dès que notre spectacle commencera, ils ont pour ordre de sortir immédiatement. Ça leur déplaît, mais je refuse de m'afficher devant eux, et Brick est du même avis.

La piste de danse, au centre du club, est bondée de fêtards, qui s'agitent sous les stroboscopes. Ils dansent autour d'une plate-forme de trois mètres sur trois délimitée par une corde rouge. Je ne vois pas de cages, et la scène est vide. Pour l'instant.

Jusqu'à notre performance.

Au-dessus de la scène, le plafond s'ouvre pour dévoiler un étage composé d'un couloir autour d'un espace central, lui-même entouré de portes à intervalles réguliers. Une balustrade permet aux gens de se pencher pour regarder la scène. À moins qu'ils préfèrent louer l'une des chambres, comme à l'hôtel, pour s'amuser en toute intimité.

Au fond du club se trouve un gigantesque trône doré posé sur une plate-forme encore plus haute que la scène. Plusieurs fêtards se pressent autour. Sur le trône est assis un homme grand, bien bâti et légèrement bronzé. Les projecteurs donnent une lueur d'or blanc à ses cheveux.

C'est forcément Thaddeus le vampire, le prétendu roi de Manhattan.

Il se redresse à notre approche pour nous regarder malgré la foule de danseurs vêtus de cuir, et il lève la main pour claquer des doigts. La musique devient moins forte. La plupart des danseurs vont s'asseoir, et la foule s'écarte sur notre passage pour nous laisser approcher le trône. De toute évidence, Thaddeus et sa bande nous attendaient.

Le vampire nous fait signe d'avancer.

La poitrine de Brick gronde ; son loup a l'impression d'être convoqué, et cela ne lui plaît pas.

Thaddeus esquisse un sourire, et il agite la main dans une salutation plus neutre.

Nous arrivons sous la lumière blanche des projecteurs, et la chaleur est torride. Nous sommes encore plus illuminés que la scène, et je réalise que dans ce club, la plus grosse attraction, c'est Thaddeus.

Brick monte sur la plate-forme du trône, m'emmenant avec lui. Debout, je suis à la même hauteur que le vampire sur son trône.

— Alpha et Luna Blackthroat, soyez les bienvenus.

Thaddeus a une jolie voix, grave et mélancolique. Il a une pointe d'accent britannique un peu snob, mais j'ai l'impression qu'il est feint. De près, il est clair qu'il ne porte pas de maquillage. Sa peau est simplement parfaitement lisse, ses cils parfaitement noirs. J'en conclus que ses cheveux blond platine sont naturels aussi.

— Thaddeus.

La voix de Brick indique qu'il n'est pas d'humeur à plaisanter. Il domine de toute sa taille l'homme assis sur le trône, mais ce dernier ne semble pas s'en formaliser.

— Nous avons reçu ton invitation.

— Je suis honoré que vous soyez venus.

Le vampire a beau sembler sincère, je sais qu'il joue la comédie. Il est déjà plongé dans son rôle.

Mais n'est-ce pas toujours comme ça, en affaires et en politique ? Personne n'est tout à fait lui-même au bureau ou sur une tribune. La moindre étincelle d'authenticité est soigneusement dosée. Je n'imaginais pas que les affectations que je prenais en salle de réunion m'aideraient à affronter un vampire, et pourtant...

— Je mourais d'envie de rencontrer votre nouvelle luna, déclare Thaddeus en se tournant vers moi.

Je prends garde à ne pas le regarder dans les yeux, ce qui est étrange, mais nécessaire, vu le pouvoir des vampires. Je crois que même leur voix peut suffire à envoûter les gens, mais par précaution, je préfère fixer les yeux sur son front lisse et la naissance de ses cheveux blond-blanc à l'implantation en V.

— Bonsoir, dis-je.

Je sens l'attention que me prête Thaddeus. L'intérêt qu'il me porte est flatteur. Je ressens une bouffée d'adrénaline et tente de lutter contre elle. Je ne dois pas succomber aux charmes du vampire.

En plus, j'ai l'habitude des hommes puissants. Je ne prends pas facilement peur, même si je ne sous-estime personne.

— Ah, Blackthroat... ronronne Thaddeus. Elle est exquise.

Brick se fige d'une façon qui me dit que son loup se prépare à la violence.

— Je suis juste là, interviens-je en levant les yeux au ciel. Si vous voulez me complimenter, parlez-moi directement. Sauf si ce qui vous intéresse, c'est uniquement de mettre mon fiancé en rogne.

Quelques personnes vêtues de cuir et debout derrière le trône lâchent une exclamation, puis le silence règne. À mes côtés, Sully se balance légèrement, et je sais qu'il se tient prêt à bondir devant moi si le roi vampire se jette sur ma gorge.

Thaddeus émet un rire retentissant. Il est assez sonore pour être entendu jusqu'au fond de la salle malgré la musique, et pourtant, il sonne creux.

— On m'avait dit que vous aviez du cran, me dit-il. J'aurais dû me douter qu'un agneau ne pourrait pas se mesurer aux loups.

Quelques personnes de sa bande rient avec lui, et j'éprouve une vague de pitié et de mépris. Mille ans de vie, tout ça pour se retrouver avec un club BDSM et un groupe de lèche-bottes ? Pas de meute. Pas d'amis. Pas de compagne.

Le pauvre. Pas étonnant qu'il tire des ficelles pour voir si nous danserons comme des pantins. Il s'ennuie, comme me l'a dit Ruby. Sa seule perspective, c'est de s'asseoir nuit après nuit sur son trône factice.

Je me colle à Brick et laisse sa chaleur me donner des forces. La façon dont le vampire suit le moindre de mes mouvements des yeux me rappelle qu'il est tout en haut de la chaîne des prédateurs.

— Brick savait que j'avais besoin de sortir. Quand il m'a parlé de cet endroit, j'étais fascinée.

— Vraiment ?

Thaddeus sait que je dis ça pour le flatter, mais ne peut pas s'empêcher de se rengorger de mes compliments.

— Oh, oui.

Je baisse la voix, un simple murmure :

— Je ne devrais pas vous dire ça, mais vous avez une sacrée réputation... parmi les louves.

Cette fois, le rire de Thaddeus est sincèrement ravi. La

réaction outrée de Sully et Billy l'amuse sûrement encore plus que mon commentaire, mais j'ai réussi à le surprendre.

Il se redresse sur son trône.

— J'aimerais vous montrer les charmes de mon club, si vous le permettez.

Il me tend la main, mais Brick me serre contre lui.

— Personne d'autre que moi ne touche à ma fiancée.

Un nouveau rire.

— Ah, les loups, me susurre le vampire. Tellement possessifs.

— Cette possessivité va dans les deux sens, l'informé-je en plaçant une main sur le torse de Brick.

Thaddeus incline la tête. Nous nous sommes fait comprendre. Personne ne nous emmerdera, ce soir. Sinon, un loup leur arrachera la tête.

— Ma compagne veut faire pleinement l'expérience de ce club, annonce Brick. Nous nous produirons sur scène, ce soir.

— Merveilleux, dit Thaddeus, comme s'il l'apprenait tout juste et n'avait rien orchestré du tout.

Des murmures se répandent dans la salle. Je sens tous les yeux braqués sur nous.

— Mes assistants vont vous montrer les coulisses, pour que vous vous prépariez.

Le vampire claque des doigts, et deux employés vêtus de combinaisons violettes pailletées montent sur la plate-forme.

— Ils répondront à tous vos désirs.

Brick place une main dans mon dos, et nous suivons les assistants. Nous nous dirigeons vers une porte discrète, peinte en noir pour se fondre dans le mur, quand Thaddeus lance :

— Hé, Blackthroat !

Le roi vampire est debout. Les lumières ont changé, plus froides, et sa silhouette projette une ombre qui s'étire jusqu'aux pieds de Brick.

— J'espère que tu vas assurer.

Ça sonne comme une menace.

Chapitre Cinq

Madi

Les coulisses sont en fait une arrière-salle équipée de tout ce dont nous pourrions avoir besoin, y compris un assortiment de paddles, de cordes, de menottes et de fouets à l'air redoutable. La panoplie parfaite du dominateur prêt à jouer avec sa partenaire.

Je pose mon sac sur une petite table et laisse un assistant prendre mon manteau. En dessous, je ne porte qu'une robe nuisette et des ballerines. Une tenue jolie et virginale qui contraste avec le costume noir de Brick. Un déséquilibre des pouvoirs implicite, moi très dévêtue et lui habillé de pied en cap.

— Au moins deux issues supplémentaires, dont une par le couloir du fond. Une autre par les cuisines, rapporte Sully à Brick.

— Je pense toujours que vous ne devriez pas faire ça, dit Billy, bras croisés, adossé au cadre de la porte. On ne devrait rien céder à cette sangsue.

Brick défait sa cravate et la fourre dans sa poche.

— On en a déjà parlé. Madi et moi allons nous mettre

en scène. Nous le ferons selon nos termes, mais nous le ferons, et le plus tôt ce sera fait, le plus tôt nous pourrons partir.

— On pourrait plutôt en tuer un ou deux, grommelle Billy.

— Et comment on procède ? interviens-je. On lance un combat à mort, façon gladiateurs ? Le but, c'est de ne pas verser de sang.

— On pourrait s'en aller, tout simplement, dit Sully. Inventer une excuse.

Sa voix est basse, presque un grondement. Il déteste ce qui se passe autant que Billy, peut-être même plus. Il est à la tête de la sécurité de la meute, et nous voici, le couple alpha, en territoire hostile. C'est son pire cauchemar.

— On va faire ce qu'on avait prévu, dis-je. Thaddeus a préparé tout ça pour voir comment on réagirait. Il nous fait une démonstration de pouvoir, montre qu'on fait ce qu'il nous demande. Nous, on va lui prouver qu'on est prêts à jouer le jeu, mais avec des limites. On est stables, raison-nables et capables de négocier. Après ça, c'est lui qui aura une dette envers nous. En cas de lutte de pouvoir, il sera plus susceptible de soutenir notre meute plutôt qu'une autre.

— Sauf s'il nous trahit, rétorque Sully. Et s'il filmait la scène et menaçait de la diffuser ?

— Il ne ferait jamais ça, intervient Brick. Si une vidéo fuitait, ses clients en concluraient que leur anonymat est en péril.

— Et s'il se contentait de la montrer à un autre alpha ? demanda Billy. Aiden Adalwulf, par exemple.

— Dans ce cas, il verra que je me maîtrise et que je suis amoureux, répond Brick, le visage impassible et le regard perdu au loin. Maintenant, du balai. Ma compagne et moi avons besoin d'un moment seuls.

Billy et Sully s'en vont sans un mot.

— C'est ma faute, me dit Brick. Si je n'avais pas lutté si longtemps contre le Destin, je n'aurais jamais été atteint de folie lunaire. Thaddeus sait que j'ai failli perdre les pédales. Il fait ça pour voir si je suis digne.

— Digne de diriger ta meute ?

Je suis prête à lui rappeler qu'il a largement prouvé son statut d'alpha, et qu'en plus, c'est l'opinion de sa meute qui compte, pas celle d'un vampire. Mais il secoue la tête.

— Digne de toi, explique-t-il en levant une grande main pour caresser une mèche de mes cheveux d'un geste absent. Thaddeus rêve de ressentir à nouveau quelque chose. Je suis une créature paranormale puissante, comme lui, et me voilà, pleinement, publiquement amoureux.

La lueur féroce dans ses yeux me coupe le souffle.

— La pleine lune, dis-je. Tu risques de perdre le contrôle ?

— Non.

Il plonge son regard dans le mien, et là où il m'a mordue pour me revendiquer, ma peau se met à fourmiller.

— Mon loup et moi sommes en accord. Cette mise en scène a pour but de te protéger.

— Tu sais, je suis plutôt impatiente, dis-je.

Je fais face à Brick et pose les mains sur son torse. Ses muscles sont lourds sous mes paumes. Il est puissant, dans tous les sens du terme. Et il est à moi. *Rien qu'à moi.*

Brick hausse les sourcils.

— C'est vrai ?

— Ça va être amusant. Et Thaddeus saura se tenir.

Maintenant que j'ai rencontré le vampire, je pense que

l'opinion de Ruby à son sujet est juste. Il s'ennuie, mais il a un code d'honneur.

— Tu l'as bien flatté, en tout cas.

Brick est-il jaloux ?

Je défais un bouton de sa chemise et l'entrouvre. Le débrailler un peu lui donnera un look de « patron après les heures de bureau ». *Miam.*

— Ne t'en fais pas. Tu es toujours le plus grand, le plus méchant de la salle.

Il grommelle quelque chose, et je me mets sur la pointe des pieds pour l'embrasser. Il penche la tête pour me déposer un baiser sur les lèvres, mais il semble avoir l'esprit ailleurs.

Je regrette de ne pas pouvoir l'aider à se détendre. Nous sommes sur le point de nous produire en public, et le destin de notre territoire repose sur notre performance. Il faut qu'il se concentre.

Je connais bien un moyen de l'aiguillonner... C'est risqué, mais je pense savoir doser.

Sans cesser de le toucher et d'arranger sa chemise, je dis d'une voix songeuse :

— Dis donc... tu ne m'avais pas dit que le roi des vampires était aussi sexy.

— Quoi ?

Brick hausse brusquement les sourcils, et son grogne-ment fait vibrer sa poitrine sous mes mains.

Oui, il est bel et bien concentré, à présent.

Je le cherche, mais techniquement, je ne mens pas. Il le sentirait, sinon. Je trouve effectivement Thaddeus sédui-sant, mais comme je pourrais admirer la beauté d'un poignard ou d'un avion de chasse.

— Je préfère être honnête avec toi, ajouté-je. Mon préféré, c'était Edward, pas Jacob.

Brick se fige un moment. Une lueur rouge dorée passe dans ses yeux, et je sais qu'il cherche à maîtriser son loup.

Quand il se met en mouvement, il est si rapide que je ne le vois même pas bouger. Il glisse une main dans mes cheveux et me renverse la tête en arrière. Il se penche sur moi et s'empare de mes lèvres dans un baiser brûlant. Sa langue se glisse dans ma bouche, me conquiert, me domine. À la fin, j'ai le tournis, et les tétons douloureux.

Ses yeux luisent toujours quand il relève la tête.

— Je ne sais pas qui sont ces deux abrutis, mais à la fin de la soirée, le seul nom que tu auras en mémoire, c'est le mien.

Chapitre Six

Brick

Je me tiens au centre de la petite scène, sous le feu des projecteurs. Ici, tout est conçu pour être trop fort, trop lumineux, trop criard. Les sangsues adorent en faire des tonnes, bien qu'elles aient des sens aussi aiguisés que les métamorphes. Peut-être qu'après des décennies à la tête du club, Thaddeus est comme anesthésié.

Assis autour de la scène se trouvent les clients du club. Il y a une sorte de bourdonnement, comme quand le public attend qu'un orchestre commence. Je ne leur prête pas attention.

Les employés de Thaddeus ont arrangé la scène comme je le leur ai demandé, avec un bureau et un fauteuil pour seul décor. Je me suis dit que Madi et moi pourrions recréer notre aventure au travail. Jouer à un petit jeu de domination, satisfaire le roi, et rentrer chez nous.

Elle est en retard. Je l'ai laissée dans l'arrière-salle, car elle m'a dit qu'elle avait besoin de quelques instants pour se rafraîchir. Mais ça fait déjà dix minutes qu'elle devrait être là.

Mon loup a envie de retourner en coulisses pour vérifier qu'elle va bien. Mais je garde la tête froide et observe Billy, devant la porte. Je sais qu'il peut voir Sully, qui est lui-même à portée de voix de Madi.

Dès qu'elle sortira, ils partiront, notre mise en scène commencera, et nous pourrons laisser ce cirque derrière nous.

Je sens les yeux de la sangsue en chef rivés sur moi. Ce que j'ai dit à Madi était exact : Thaddeus veut me tester, voir si je suis capable de me maîtriser, mais il est également curieux. Comment est-ce de trouver sa compagne destinée ? Quel genre d'humaine est capable de tomber amoureuse d'un monstre ?

Je sais que Madi l'a impressionné. Impressionné et intrigué. Et c'est bien normal. Il peut rester fasciné par elle autant qu'il veut, du moment qu'il ne la touche pas.

Un murmure dans la foule me pousse à retourner mon attention vers la salle. Au bout du couloir, Billy se redresse. Il a l'air surpris. Puis il se tourne vers moi et m'adresse un salut enjoué.

Je fronce les sourcils. J'en connais une qui doit mijoter quelque chose.

Puis Madi apparaît, et le monde s'efface.

Elle avance d'un pas fier, la tête et le menton hauts, comme une mannequin sur un podium. Ses hanches se balancent langoureusement, avec assurance. Elle se donne à fond pour l'assistance.

Et elle s'est changée. Oubliée la modeste robe blanche que nous avions choisie ensemble. Soit elle avait prévu une autre tenue, soit elle a demandé aux employés du club de lui fournir des vêtements. Une robe rouge vif souligne ses courbes, et ses talons aiguilles lui font gagner plusieurs centimètres. La robe est courte et sexy. Plus énervant encore, elle a un profond décolleté qui dévoile la rondeur de ses seins.

Découpe est de retour.

Tout le club semble retenir son souffle. Le public est muet, comme si une déesse était descendue parmi eux, et qu'elle risquait de les réduire en poussière s'ils respiraient de travers.

Thaddeus a un sourire en coin. S'il est complice de ce changement de tenue, il pourra s'estimer heureux que je ne lui arrache pas les yeux avant que mon loup dévore son cœur toujours battant. Mais il est peut-être simplement amusé par ma réaction et n'a rien à voir avec la petite rébellion de Madi. Les vampires sont célèbres pour leurs têtes à claques, après tout.

Quoi qu'il en soit, j'ai envie de le tuer.

Toutefois, je ne suis pas venu pour ça.

Je me tourne vers Madi alors qu'elle monte sur scène d'un pas sensuel. Je lui tends instinctivement la main pour l'aider à monter. Elle s'est également remaquillée. Ses yeux sont allongés et félins. Ses lèvres sont rouge foncé.

Elle est à couper le souffle, et l'espace d'un moment, je suis seulement capable de la tenir par la main et de m'émerveiller qu'elle soit mienne.

Elle remarque le bureau et le fauteuil derrière moi et sourit. Elle est prête. L'air devient enivrant à cause de l'odeur de son musc secret.

Je m'approche d'elle et gronde :

— Vous allez avoir de gros ennuis, ma petite.

Le scénario a commencé.

Je vais montrer à Madi – et à tout le monde ici – qu'elle m'appartient.

Chapitre Sept

Madi

Je lève les yeux vers Brick, et sa voix grave m'envoie un frisson le long de l'échine. J'adore la scène. Dans le cas contraire, je ne donnerais pas de concerts avec Aubrey et mon groupe, mais je n'ai encore jamais eu l'occasion de me produire ainsi, et c'est exaltant. Ça fait ressortir la bête de scène qui sommeille en moi.

Brick, lui, n'a pas l'air de jouer la comédie. Il semble très sérieux.

— Qui ça, moi ? roucoulé-je.

Il me lâche la main et me tourne autour.

— Vous aimez ce que vous voyez ? lui demandé-je.

Je sens qu'il me dévore des yeux. Mon dos fourmille.

— Je vous avais dit de ne pas porter ce genre de robes.

Je pose une main sur mon décolleté et la laisse glisser entre mes seins, la tête renversée en arrière.

— Cette vieille fripe ? Elle respecte parfaitement le code vestimentaire. Celui des ressources humaines.

— Mais pas le mien.

Son grondement me fait vibrer. Il est juste derrière moi, son souffle sur ma nuque.

— Vous avez désobéi à un ordre direct.

Je me lèche les lèvres.

— Qu'allez-vous me faire, Monsieur ?

— Votre insubordination a assez duré.

Il attrape le fauteuil et le tire en arrière.

— Vous avez été très vilaine, et c'est votre cul qui va payer.

Il me saisit par le bras et me fait pivoter si vite que je ne comprends pas ce qui m'arrive avant de finir penchée sur le bureau, la joue et les paumes sur le bois. Il me maintient d'une main ferme, mais douce.

Je suis tellement excitée que c'est douloureux.

Il pose les mains sur mes fesses, et je sais qu'il s'apprête à les frapper à travers ma robe. Il ignore quel genre de culotte je porte, ou si j'en porte une tout court. Mon change-ment de tenue l'a décontenancé, et sa contrariété n'est pas feinte.

Pile ce que je voulais.

À deux mains, je soulève ma robe moulante, laissant le tissu glisser sur mes hanches. Je porte une combinaison. Elle est aussi modeste qu'un maillot de bain une-pièce, mais d'une couleur beige assortie à ma peau, ce qui donne aux spectateurs les moins proches l'illusion que je suis nue.

Au-dessus de moi, Brick respire fort.

— Vous êtes en mauvaise posture, dit-il en plaçant une main dans le creux de mes reins, son membre effleurant mes fesses. Je vais vous montrer qui est le patron.

* * *

Brick

Debout derrière ma compagne, je m'accorde un moment pour admirer la vue de son corps penché sur le bureau, de ses fesses en l'air. Ses jambes tendues sont perchées sur des talons aiguilles qui la rehaussent. Et la façon qu'elle a de soulever sa robe, dévoilant sa peau un centimètre après l'autre... J'ai envie de déchirer cette robe et de dévorer Madi.

J'emmerde le public. J'emmerde Thaddeus et son cirque. J'ai envie de m'enfoncer profondément dans ma compagne. Je la pilonnerai jusqu'à ce que sa robe soit en lambeaux et qu'elle soit toute molle sous le coup du plaisir, je dévoilerai son épaule et la marquerai à nouveau. Mes crocs sont sortis, et mon loup approuve.

Je place une main sur sa nuque. Elle adore être maintenue, et je veux qu'elle sente que je la domine.

Ses cheveux ébouriffés lui tombent sur le visage, mais j'entraperçois son petit sourire. Elle s'amuse.

J'abats ma main libre sur son derrière. Une exclamation échappe à ses lèvres, et elle s'agrippe au bureau. Je lui assène une autre tape, tout aussi forte, pour qu'elle comprenne l'ampleur de ma contrariété. Elle a tout prémédité. Elle m'a amadoué dans les coulisses avant d'enfiler cette robe pour que je perde mon sang froid. Et ça a fonctionné ; je suis désormais focalisé sur le jeu auquel nous jouons. Pas le jeu de la diplomatie entre vampires et métamorphes, mais le jeu entre nous.

Sans un mot, elle m'a rappelé la seule chose qui compte. Notre passion. Notre amour.

Le club et le public disparaissent. Nous pourrions tout aussi bien être seuls au monde, là. Je me fiche de la scène ou des gens qui se trouvent en dehors du cercle des projecteurs.

L'odeur de Madi s'élève entre nous. Elle est prête à être cueillie. Je vais donner à ma compagne ce qu'il lui faut, et plus encore.

Mes premiers coups étaient un avertissement. À présent, je mitraille sa peau de claques précises, déterminé à couvrir chaque centimètre carré de son derrière pulpeux. Sa combinaison beige masque son sexe, mais pour les spectateurs, je compte faire rougir sa chair exposée.

Je finis de l'échauffer et me remets à la frapper assez fort pour que ma paume fourmille. Ses fesses sont marbrées de rose. J'abats la main plus fort, et elle siffle entre les dents avant de lâcher un gémissement guttural. Mais elle ne change pas de position, ne demande pas de pause. Ses paupières se ferment en papillonnant.

Encore quelques minutes de fessée, et elle sera soumise comme il faut. Ma poitrine se gonfle à l'idée qu'elle me fasse confiance au point d'être capable de lâcher prise ici, en territoire hostile.

— Vous aimez me provoquer, hein ? dis-je en ponctuant mes mots d'une claque sur la chair tendre sous sa fesse droite. À vous promener dans ces robes moulantes. Ces tenues sont complètement inappropriées pour le travail.

Sa fesse droite est toute rouge, aussi je me concentre sur la gauche.

— À me tenter. Qui c'est qui commande, ma petite ?

— Vous, répond-elle dans un souffle délicieux.

Je frappe le centre de son derrière si fort qu'elle vacille en avant sur ses talons.

— Je n'ai pas bien entendu.

— Vous, Monsieur, s'écrie-t-elle.

— Exact.

Je la contourne et saisis une poignée de ses cheveux pour lui renverser la tête en arrière, lentement, avec douceur.

— Et qui édicte les règles ?

— Vous.

Ses lèvres rouges s'entrouvrent, et j'ai envie de l'embrasser. Mais pas tout de suite.

— C'est ça. Je vais vous apprendre cette leçon autant de fois que nécessaire. Maintenant, remerciez-moi pour votre punition.

— Merci, Monsieur.

— Voilà une fille bien sage.

Ma voix est si rocailleuse qu'elle ressemble à un grognement. Je place une main sur la courbe de sa fesse droite et la malaxe, la faisant frissonner de plaisir. Mon membre est gonflé sous mon pantalon, et quand il lui touche la hanche, je dois serrer les dents pour ne pas jouir. Pour ne pas plonger dans son centre chaud et mouillé.

Plus tard. Je la prendrai plus tard, quand nous serons seuls.

Ses paupières sont lourdes. Elle se lèche les lèvres, et je ravale un grondement. Je presse deux doigts sur sa lèvre inférieure pulpeuse. Elle ouvre aussitôt la bouche, et j'enfonce les doigts dans cette grotte brûlante.

— C'est bien, bébé. Je veux voir comment vous me satisferiez.

Sa langue tourne autour de mon doigt. Mon érection est si forte que je ne peux pas bouger. Je suis seulement capable d'enfoncer mes doigts davantage.

— Voilà, avalez-moi. Je sais que vous en êtes capables. Ce que je vous donne, vous le prenez.

Elle fredonne autour de mes doigts, et je les ôte de sa bouche avant de perdre les pédales.

— C'est bien, bébé.

Je m'assois sur le fauteuil, que je fais rouler derrière elle. Son cul est une œuvre d'art, potelé et rouge, une pêche juteuse prête à être ouverte. Je me penche et hume son odeur. J'ai envie de la mordre. Je me contente de pétrir ses fesses, d'enfoncer les doigts dans la chair meurtrie jusqu'à ce que Madi gémisse. Elle se cambre et se colle à mes paumes.

— Putain. Vous êtes faite pour moi.

— Donnez-moi une fessée, dit-elle d'une voix suppliante. Punissez-moi. S'il vous plaît, Monsieur.

— Oh, je n'y manquerai pas.

Je glisse deux doigts sur l'entrejambe de sa combinaison. Elle se met sur la pointe des pieds avec un soupir aigu.

— Je vais vous allumer comme vous m'avez allumé. On verra si ça vous plaît.

Le tissu est trempé. Je grogne et me déplace pour que mon dos la cache au public. Personne n'a le droit de voir l'excitation de ma compagne. Personne, sauf moi.

— Votre punition vous a plu ? demandé-je à voix basse.

— Oui Monsieur.

Elle prend une grande inspiration tandis que mes doigts l'explorent.

— Vous aimez que je commande. Vous n'attendez que ça.

Elle se balance sur ses talons pour m'échapper. Je lui donne une claque sur le derrière et la remets en position.

— Répondez-moi.

— Oui Monsieur. C'est trop bon.

— Approchez.

Je la saisis par les hanches, la tourne vers moi et l'assois sur mes genoux d'un mouvement fluide. Elle est à califourchon, son centre mouillé pile sur mon membre. Dans un cri, elle se redresse sur ses genoux. Je la laisse adapter sa position, puis je l'oblige à se rasseoir, à se frotter à mon bassin. Je baisse sa robe sur ses fesses pour la couvrir un peu mieux. Personne ne peut voir qu'elle mouille l'avant de mon pantalon, mais le public doit s'en douter.

Je fais onduler mes hanches, frottant mon érection à sa fente à peine couverte. Elle tremble dans mes bras. Elle a les joues rouges, les paupières mi-closes. Elle se mordille la lèvre tout en se balançant contre moi.

Je la prends par les cheveux et porte sa bouche à la mienne. Nos langues luttent ensemble, mais c'est la mienne qui gagne, plongeant en elle au même rythme que mes mouvements de bassin.

— Brick, halète-t-elle, avant que ses hanches soient prises d'un soubresaut.

* * *

Brick

Elle vient de jouir dans mes bras. Mon membre gonfle tellement qu'il risque de déchirer mon pantalon. Je suis à deux doigts de repousser sa combinaison pour la prendre ici même, devant tout le monde.

Mais il est hors de question de faire ça devant un public. Elle est à moi, toute à moi.

Je me lève et la jette sur mon épaule, en veillant à ce que sa robe couvre ses fesses rougies. C'est le cas, à peine.

Elle et moi, nous allons échanger quelques mots à ce sujet. Dès que nous serons entre nous.

Je pivote face au trône, yeux plissés à cause des projecteurs idiots.

— Ça suffit, dis-je à Thaddeus. On s'en va.

Le vampire est déjà sur ses pieds et applaudit. Certains membres du club l'imitent pour nous donner une *standing ovation*. Les autres sont trop occupés à se jeter sur les bancs à fessée et les croix de Saint-André ou à baiser, purement et simplement.

C'est fini. Le roi de Manhattan est satisfait.

Maintenant, il peut aller se faire foutre.

Je lui lance mon meilleur regard meurtrier, puis je me dirige à grands pas vers la porte du fond. De là, je n'ai qu'à traverser l'arrière-salle pour atteindre la sortie.

J'émerge dans la nuit. Billy et Sully nous attendaient de chaque côté de la porte, et ils se redressent aussitôt.

— Comment ça s'est...

La question de Billy meurt sur ses lèvres quand il me voit. Il détourne le regard des fesses dressées de ma compagne.

— Bien, dis-je.

Notre limousine est garée dans la ruelle. J'ouvre la portière arrière, me penche pour faire descendre Madi de mon épaule, et je l'installe doucement sur la banquette. Elle s'enfonce dans le véhicule, et je la suis, avant d'aboyer à l'intention de Tony :

— On y va.

J'attends qu'il ait fermé le panneau de séparation avant de me tourner vers ma compagne.

— Toi, parviens-je seulement à grogner avant qu'elle se jette sur moi.

Elle finit sur mes genoux, me chevauchant à nouveau. Je lui ôte sa robe et saisis la chair meurtrie de ses fesses à pleines mains.

— Je vais te baiser, et fort. Ensuite, on parlera de ton changement de costumes, Découpe.

— Oui, oui...

Elle m'aide à déboucler ma ceinture. Je déchire l'avant de mon pantalon, ainsi que la combinaison qui sépare mon sexe de son entrée mouillée. Je m'enfouis en elle, et nous poussons un soupir en chœur, nos fronts l'un contre l'autre.

— Tu as été fantastique, lui dis-je.

— Tais-toi et baise-moi.

Son insolence lui vaut une claque sur les fesses. Ce geste taquin la fait bondir, avant de s'empaler sur moi, m'envoyant un fourmillement de plaisir dans les bourses. Ce résultat me plaît tellement que je lui assène plusieurs tapes, la faisant gémir et aller et venir plus fort.

— On dit *taisez-vous et baisez-moi, Monsieur.*

Malgré ma réprimande, elle continue de rebondir sur mes genoux, trop essoufflée pour parler. Je la laisse travailler jusqu'à ce qu'elle se cambre profondément, la bouche ouverte dans un halètement. Son sexe se contracte encore et encore sur mon membre pendant qu'elle jouit. Elle se laisse retomber contre moi, submergée, et je prends les rênes. Je la saisis par les hanches et donne des coups de bassin vers le haut, la pilonnant jusqu'à ce que mon propre orgasme soit à portée de main. Le cou de Madi est nu devant moi, et j'embrasse sa peau de nacre, lèche son odeur. Je laisse mes crocs effleurer son pouls tambourinant, et elle tremble sous un autre orgasme.

— Madi, m'écrié-je.

Je lâche prise à mon tour, agrippé à ma compagne comme à un abri sous la tempête.

* * *

Madi

Brick et moi finissons dans un entrelacs de membres à l'arrière de la limousine. L'air est chaud et humide, imprégné de l'odeur de nos ébats.

Le bas de ma robe et de ma combinaison sont en lambeaux. Heureusement que mon budget shopping est illimité. On ne m'avait pas prévenue que quand on couchait avec un alpha, les vêtements n'y survivaient pas.

Brick continue de m'embrasser, laissant ma peau toute rouge à cause de sa bouche insatiable et sa barbe piquante. Mes fesses sont endolories, de la meilleure manière qui soit. Je me blottis contre lui, caressant ses cheveux jusqu'à ce qu'il lève la tête pour s'emparer de mes lèvres.

J'interromps notre baiser en posant un doigt sur sa bouche.

— Cette robe, c'était une bonne idée. Admets-le.

Il grogne, refusant d'approuver ou de nier.

— Dorénavant, tu porteras seulement ces robes devant moi.

La limousine s'arrête dans un crissement de pneus. Nous sommes à quelques rues de Billionaire's Row, dans une rue étroite à sens unique. Il n'y a personne alentour.

— Où...

Le loup de Brick pousse un grondement grave et sourd. Cela m'aurait donné des frissons, si je ne l'avais pas déjà entendu. Ses yeux luisent, et il regarde par la fenêtre.

Devant la limousine, encadré par les immeubles sombres et illuminés par la lune presque pleine, se trouve une silhouette aux cheveux blonds.

Thaddeus.

— Qu'est-ce qu'il fait là ? demandé-je.

Il marche lentement vers l'avant de notre véhicule. Le clair de lune caresse sa joue creuse.

— Je m'en occupe, annonce Brick.

Il est sur le point d'ouvrir la portière quand je le retiens par le bras.

— Attends. Je ne lui fais pas confiance.

Quand Thaddeus était avachi sur son trône factice, il paraissait un peu ridicule, mais dans la rue, il semble plus vrai que nature. Dangereux.

— Il mijote quelque chose, dis-je.

— On a fait tout ce qu'il demandait. On ne lui doit rien. Le moment est venu de lui montrer que je suis son égal, pas sa chose. Je peux être un allié puissant, ou un ennemi mortel.

Mais Brick attend, ma main sur son biceps, jusqu'à ce que je lui donne mon accord.

Je ravale ma protestation et m'efforce de hocher la tête. Je voulais que nous formions une équipe, et c'est désormais le cas. Il ne me reste plus qu'à me fier à son statut d'alpha.

— Sois prudent.

— Toujours.

Il porte ma main à sa bouche et m'embrasse la paume.

— Je ne ferai rien qui puisse mettre en péril ta sécurité. Ou celle de la meute.

Je m'enfonce dans les profondeurs de la banquette arrière et me couvre avec le blazer de Brick. J'ai le cœur dans la gorge, il m'étrangle.

Brick sort de la limousine, laissant entrer un souffle d'air frais bienvenu, puis il referme doucement la portière. Tandis qu'il s'avance vers le roi vampire à grands pas, je réalise que Thaddeus est presque aussi grand et baraqué que Brick.

Quand ce dernier est proche, le vampire se met à taper dans les mains.

— Bravo, alpha.

Sa condescendance me fait grincer des dents.

Brick ne semble pas s'en formaliser. D'après ce que je vois de son visage, il est impassible.

— Qu'est-ce que tu veux ?

— Seulement t'adresser mes félicitations. Cette soirée restera dans les annales.

— Notre rôle est terminé. Nous avons respecté notre part du contrat.

— En effet. Je voulais te dire que la faveur que je t'ai faite est remboursée. Pleinement.

— Super. Merci pour la discussion.

Brick se tourne pour rebrousser chemin.

— Une dernière chose, l'interrompt Thaddeus. Les Adalwulf sont occupés par un coup d'État contre leur alpha. Et apparemment, Odin a laissé un sérieux bazar à son successeur. Tes ennemis ne devraient pas attaquer avant un moment.

Les yeux de Brick se transforment en deux fentes ambrées.

— Comment tu le sais ?

— Un petit loup m'a informé. Je me suis dit que je transmettrais. Vois ça comme un cadeau de mariage de ma part. J'étais déçu d'apprendre que je n'étais pas invité à votre cérémonie d'accouplement, mais après, j'ai découvert qu'il y aurait des humains. Ils sont d'un ennui...

— Pas tous.

— C'est vrai, mais on n'a pas tous la chance de trouver celle que le Destin nous réserve.

Thaddeus tourne la tête et pousse un soupir théâtral. Mais quelque chose dans son expression me pousse à descendre ma vitre.

— N'abandonnez pas tout espoir si vite, lancé-je.

— Madi, grommelle Brick en me rejoignant à grands pas.

Je recule pour le laisser s'asseoir.

— Si vite ? répète Thaddeus. Ça fait plus de mille ans.

Il fait un pas de côté et se fond dans les ombres. Seuls ses cheveux blonds le trahissent.

Brick fait un signe à Tony, qui démarre. Je me penche sur Brick, désireuse de dire autre chose au vampire, mais Brick me devance :

— Le Destin pourrait bien te surprendre. Ta compagne sera peut-être celle que tu attends le moins.

— Ou choisissez par vous-même, interviens-je.

Brick me jette un regard, et je souris.

— Quoi ? C'est vrai.

— Merci, dit Thaddeus en inclinant la tête.

Avec lui, ce geste démodé semble royal.

Brick attend d'avoir remonté la vitre avant de maudire :

— Sangsue.

— Ooooh, il se sent seul, dis-je. Dommage que je ne connaisse aucune masochiste. Ou des fans de Dracula.

— Ne t'avise pas de jouer les marieuses avec le roi vampire.

— C'est un ordre ?

— Oui.

Il fond sur moi, et je me retrouve sur le dos sous son corps imposant, gloussant lorsqu'il me coince les poignets au-dessus de la tête.

— Où en étions-nous, déjà ?

Chapitre Huit

B^{*rick*} La résidence des Berkshires est illuminée par des guirlandes et des globes festifs pour la fête de fiançailles. Ruby et ma mère n'ont pas lésiné sur les moyens pour métamorphoser les lieux.

Une odeur d'anxiété émane de ma compagne. Madi prend une flûte de champagne sur l'un des plateaux qui circulent et le descend en cinq gorgées.

La liste d'invités inclut la plupart des convives qui étaient présents au gala de la Fondation Blackthroat, la crème de la haute société de Manhattan, loups comme humains. Des gens qui comptent pour Moon Co. et la meute. Il y a aussi quelques nouveaux employés de Madi et ses collègues de chez Torrent Cosmetics, y compris Eleanor Harrington, et bien sûr, sa mère, son frère et Aubrey. Son père biologique et les frères insipides de celui-ci n'ont pas été invités.

— Oh là, bébé. Tu as le trac ?

Madi agite ses membres comme une boxeuse s'apprêtant à monter sur le ring et répond :

— Un peu. Mais je gère.

— Tiens bon.

Je la prends par la taille et la serre contre moi. Cette soirée a beau ressembler à un gala de charité, cette fois, je n'ai pas besoin de prétendre que Madi n'est que mon assistante. Cette fois, je ne laisserai personne la rabaisser.

— Qui est-ce que tu veux impressionner ? Tu as déjà conquis ma meute, dis-je.

Je passe la foule en revue, tentant de deviner qui la rend nerveuse.

— Oh. Tu as peur que ta mère parle à ta grand-mère ?

— Elles se sont déjà parlé, dit Madi d'un ton pincé. Eleanor lui a dit qu'elle devait être très fière de moi, et ma mère a répondu : *ne m'approchez pas, sale garce.*

Je laisse échapper un grognement amusé.

— J'adore ta mère. C'est d'elle que tu tiens ton cran.

Cela arrache un sourire à ma compagne.

— C'est vrai qu'elle déchire. Mais il y a un vrai mélange des genres, question invités.

Elle pose le regard sur sa meilleure amie, à l'autre bout de la pièce.

— J'ai envie de demander à Aubrey d'être ma demoiselle d'honneur, mais je pense qu'elle détesterait ce rôle. En plus, qui sera ton garçon d'honneur ? Billy ? Il lui fera vivre un enfer.

— Je ne sais même pas de quoi tu parles. C'est quoi, un garçon d'honneur ?

Je ne plaisante qu'à moitié. J'ai déjà entendu cette expression, bien sûr, mais comme ça ne fait pas partie de nos traditions, j'ai seulement une vague idée de ce que ça implique.

Madi rit, et ce son apaise mon loup.

— Tu ne sais pas ce qu'est un garçon d'honneur ?

— C'est un peu comme mon bras droit ?

Le sourire de Madi s'élargit.

— Oui. Mais seulement le temps du mariage. Et tous tes amis proches pourront le seconder.

Elle se plaque une main sur la bouche dans une expression choquée théâtrale.

— Oh la vache, je viens de réaliser que mon mariage était organisé par des métamorphes qui ignorent tout de ces traditions.

— On peut jouer le jeu. Mais les garçons d'honneur, ils ont un véritable rôle ? Qu'est-ce qu'ils sont censés faire ?

— Tout.

Madi me regarde avec de grands yeux sérieux. Je pense qu'elle se moque gentiment de moi, mais je n'ai pas de certitudes. Quoi qu'il en soit, je m'assurerai que mes proches ne la déçoivent pas.

— Va demander à Aubrey d'être ta demoiselle d'honneur. Je m'assurerai que Billy soit galant et à son service.

— Il va détester.

— Il le fera, parce que tu es sa luna. Maintenant, vas-y, ma chérie. Je veux que tu règles ça pour pouvoir te détendre.

Madi semble déjà plus rayonnante. Elle se met sur la pointe des pieds.

— D'accord, dit-elle en m'embrassant tendrement. J'ai hâte que tu deviennes M. Evans.

Je hausse un sourcil.

— Pardon ?

— Blackthroat-Evans, corrige-t-elle en m'adressant un clin d'œil, avant de s'éloigner gracieusement.

* * *

Billy

J'ai à la main un verre du meilleur champagne que l'argent puisse offrir, mais son odeur fraîche est gâchée par la cacophonie de senteurs qui m'assaillent. Les humains, avec leurs parfums, après-rasages et déodorants, ainsi qu'une touche d'eau de rose qui met mon loup dans tous ses états.

Les fêtes de fiançailles sont une invention humaine idiote. Où est passée la cérémonie d'accouplement ?

Un loup revendique sa compagne en privé, d'un seul coup de crocs. Il n'est pas rare de se rencontrer et de s'accoupler dans la même soirée. Sans cour à rallonge. Pour une cérémonie d'accouplement en toute simplicité, les deux compagnons peuvent courir à la pleine lune, avec pour toute sérénade les hurlements des loups de leur meute. Avant de s'employer à faire des louveteaux.

Pour les grosses pointures d'une meute, comme Brick, il y a souvent une cérémonie plus élaborée. Cela permet aux familles de métamorphes de se fréquenter. Souvent, des membres des meutes voisines sont invités. Il s'agit plus d'un événement politique que d'un moment dédié au nouveau couple.

Mais cette fois, il y a des humains. Comme Madi n'est pas une louve, tout est plus compliqué. Ils préparent déjà un mariage en grande pompe. Je ne comprends pas pourquoi la cérémonie d'accouplement devait être transformée en *fête de fiançailles*.

Apparemment, leur petite sauterie dans les Berkshires n'est que la première de beaucoup d'autres. Une façon d'annoncer que Brick a glissé une bague de la taille du New Hampshire au doigt de son ancienne secrétaire et qu'il a l'intention de l'épouser. Comme si elle n'était pas déjà marquée à vie.

Moi, je m'en foutrais, sauf que Madi n'est pas la seule humaine présente ici. Sur les terres sacrées de la meute. Sa mère est là. Son frère. L'ancienne assistante de Brick, Indira. Sa grand-mère, l'héritière de Torrent Cosmetics, et l'entourage de celle-ci.

Et bien sûr, son ancienne colocataire qui bosse dans un café : Aubrey.

Tous se mêlent à la meute, comme si le fait qu'un loup alpha s'accouple – se *marie* – avec une humaine était acceptable.

Je dois bien admettre que la propriété n'a jamais été aussi belle. La salle de bal étincelle, et les portes du fond sont même ouvertes pour faire entrer l'air hivernal. Le vaste patio a été débarrassé de sa neige, et il a des chauffages partout pour préserver les humains à la constitution fragile. Il ne faudrait surtout pas qu'ils se fassent emporter par le vent et attrapent des gelures.

Catherine Adalwulf est présente ; c'est elle qui a aidé Ruby à tout organiser. Je me fais toujours à l'idée qu'elle soit devenue membre de la meute. Tout est pardonné, sauf le fait qu'elle ait assassiné notre alpha.

Ou qu'elle ait été complice.

La mort de son frère est censée l'avoir libérée de l'emprise qu'ils avaient sur elle.

Apparemment, elle a insisté pour payer toute la fête de sa poche. Sa façon de se faire pardonner après l'explosion de sa famille.

Ici, je ne suis pas le seul à refuser de l'accueillir à bras ouverts. Liz et Dane lui en veulent toujours, c'est manifeste.

Qu'importe si Ruby et elle ont organisé cette soirée pour faire front uni en accueillant l'humaine dans notre cercle. C'est une Adalwulf. Remplacer ce que cette famille nous a pris est impossible. Le seul moyen d'arranger les choses, c'est de faire disparaître cette meute ignoble de la surface de la Terre.

Nous devrions être en train de comploter contre eux. Au lieu de ça, nous sommes là, à boire du champagne et à manger des hors-d'œuvre délicats qui apaisent à peine ma faim dévorante. Saletés de crudités.

L'une des invitées de Madi est végétarienne – je suis sûr que c'est la fille de café –, alors il y a tout un plateau de bouffe pour lapins. Je me demande comment réagiraient les humains si je laissais sortir mon loup, que j'allais chasser une bête, et que je la dévorais sur la jolie pelouse bien verte ?

Cette idée séduit mon loup. Il a envie de choquer la fille de café.

Je la cherche du regard dans la pièce. Je sais qu'elle est là, à cause de son odeur merveilleuse. Je la repère à côté de Madi, occupée à discuter avec Ruby.

Elle porte une robe fourreau argentée qui moule sa silhouette en sablier. Son cou fin est long comme celui d'un cygne, et sa multitude de tresses atteint presque ses fesses. Cette fois, elle a un petit bijou argenté dans le nez, au lieu de son anneau en or.

S'il touchait ma peau, il me brûlerait.

Ça vaudrait le coup, si je pouvais goûter à ces lèvres. Cette idée me passe en tête comme un flash, et je me renfrogne.

Brick se dirige vers moi.

— Chasse cette expression de ton visage, me dit-il.

Je prends l'air impassible. Mes yeux se posent brièvement sur la fille de café.

— Madi a du mal à intégrer sa famille et ses amis à sa nouvelle vie. Ne lui complique pas la tâche avec tes préjugés anti-humains à la con.

— Je n'ai jeté personne dehors, si ?

— Tu redoubleras d'efforts pour que les humains se sentent les bienvenus ce week-end.

— Oui, Alpha.

— Je suis sérieux.

— Je sais.

Je lève légèrement le menton pour lui présenter ma gorge en signe de reddition.

— Écoute, il y a autre chose, dit-il.

Je me prépare au pire. Ça ne me dit rien qui vaille.

— Je veux que tu sois mon garçon d'honneur.

Oh, nom d'un chien. Traditions humaines débiles.

— Je ne sais pas ce que ça veut dire, réponds-je sèchement.

— Tu apprendras. Il est important d'honorer le côté humain de ma compagne. Respecter cette tradition la mettra à l'aise, et ce n'est qu'un petit prix à payer.

J'ai un goût amer sur la langue.

— Aubrey, la meilleure amie de Madi, sera sa demoiselle d'honneur. Ton équivalent féminin. Je veux que tu sois particulièrement sympa avec elle. Tous les deux, vous vous occuperez du mariage.

— Quoi ?

Brick doit être devenu dingue, s'il croit que je suis capable de gérer le mariage.

— Pas l'organisation, précise-t-il. Ça, c'est le boulot de ma mère et Ruby. Je parle de pendant la cérémonie. Je ne sais pas... je crois que vous aurez un rôle important qui vous obligera à collaborer. Je veux être sûr que tu la traiteras avec autant d'honneurs que ma compagne. Ou que ta compagne, même.

En l'entendant comparer Aubrey à ma compagne, les poils se dressent sur mes bras.

Je jette un regard vers la concernée et la vois en pleine discussion avec Madi. Elles me regardent. Quand Aubrey voit que je les ai remarquées, elle plisse les yeux et se frotte le nez, majeur tendu.

Très mature de sa part. L'envie de la pencher en avant et de lui montrer ce qui arrive aux humaines qui jouent les rebelles et qui méritent une fessée me donne une érection.

Brick me les montre d'un signe de tête.

— Commence dès maintenant.

Eh. Merde.

Apparemment, je viens de devenir baby-sitter pour humains. Quel chanceux !

— Je suis à tes ordres, grommelé-je.

Je quitte mon ami pour me précipiter vers ma chute.

Livre gratuit - La Vierge et le Vampire

Abonnez-vous à la newsletter de Renee e Lee

Abonnez-vous à la newsletter de Midnight Romance pour recevoir livre gratuit, des scènes bonus gratuites et pour être averti'e de ses nouvelles parutions ! https://dl.book funnel.com/5p8orhhczq

Livre gratuit de Renee Rose

Abonnez-vous à la newsletter de Renee

Abonnez-vous à la newsletter de Renee pour recevoir
livre gratuit, des scènes bonus gratuites et pour être averti·e
de ses nouvelles parutions !

Ouvrages de Renee Rose parus en français

www.reneeroseromance.com/francaise/

Les Loups-Garous de Wall Street
Grand Méchant Patron: Minuit
Grand Méchant Patron: Folie Lunaire
Grand Méchant Patron: Marquée
Grand Méchant Patron : Accouplés

Alpha Bad Boys
La Tentation de l'Alpha
Le Danger de l'Alpha
Le Trophée de l'Alpha
Le Défi de l'Alpha
L'Obsession de l'Alpha
L'Amour dans l'ascenseur (Histoire bonus de La Tentation de l'Alpha)
Le Désir de l'Alpha
La Guerre de l'Alpha
La Mission de l'Alpha
Le Fleau de l'Alpha

Toujours par Lee Savino

Romance paranormale

La Saga des Berserkers

Vendue aux Berserkers

Rien ne pourra empêcher ces féroces guerriers de revendiquer leur compagne.

Alpha Bad Boys

Le Tentation de l'Alpha avec Renee Rose

Mon loup veut la marquer et en faire sa compagne, mais elle est humaine et délicate : elle ne survivrait pas à une morsure de métamorphe.

* * *

Romance et science-fiction

Exilés sur la Planète-Prison

La Compagne des Draekons avec Lili Zander

Une romance extrarrestre à trois

Un vaisseau spatial écrasé. Une planète-prison. Deux imposants extraterrestres bronzés qui se transforment en dragons. Le mieux dans tout ça ? Les dragons prétendent que je suis leur compagne.

* * *

Romance contemporaine

Bad Boy Royal

Je ne suis pas du tout en train de tomber amoureuse de mon arrogant et agaçant dieu du sexe de patron. Non. Absolument pas.

Royally Fake Fiancé

Le duc de Nouvelle-Arcadie a un problème d'image que seule une fiancée peut régler. Et je suis la petite veinarde qu'il a choisie pour jouer les Cendrillons.

La belle & les bûcherons

Après cette saison au camp des bûcherons, j'arrête complètement de baiser. Parce que : j'ai mes raisons.

Papa à moi

Mon héros marin sexy veut que je l'appelle « papa »...

L'innocence brisée

Innocence avec Stasia Black

Une romance sombre de mafia

Je suis le roi des bas-fonds du crime.

Elle est à moi, et je ne la laisserai jamais partir.

Captive du milliardaire

La Belle et sa Bête avec Stasia Black

Une romance interdite

Elle expiera les péchés de sa famille... pour toujours.

Elle est la Belle, et je suis la Bête.

À propos de Renee Rose

RENEE ROSE, AUTEURE DE BEST-SELLERS D'APRÈS USA TODAY, adore les héros alpha dominants qui ne mâchent pas leurs mots ! Elle a vendu plus d'un million d'exemplaires de romans d'amour torrides, plus ou moins coquins (surtout plus). Ses livres ont figuré dans les catégories « Happily Ever After » et « Popsugar » de USA Today. Nommée *Meilleur nouvel auteur érotique* par Eroticon USA en 2013, elle a aussi remporté le prix d'*Auteur favori de science-fiction et d'anthologie* de Spunky and Sassy, e celui de *Meilleur roman historique* de The Romance Reviews. Elle a fait partie de la liste des meilleures ventes de USA Today sept fois avec ses livres Wolf Ranch et plusieurs anthologies.

Abonnez-vous à la newsletter de Renee pour recevoir des scènes bonus gratuites et pour être avertie de ses nouvelles parutions!

https://www.subscribepage.com/reneerosefr

À propos de Lee Savino

Lee Savino a l'intention de conquérir le monde, mais la plupart du temps, elle n'arrive même pas à trouver ses clés ou son téléphone, alors elle préfère encore rester chez elle et écrire des romances smexy (smart + sexy). Elle adore le chocolat, passe sa vie en pantalon de yoga et porte les chapeaux comme personne.

Pour de bonnes tranches de rigolade, rejoignez son groupe sur Facebook en anglais, Goddess Group, ou rendez-vous sur **https://geni.us/BredBerserkerFR** pour vous inscrire à sa news-letter et recevoir un livre gratuit.

Site web : www.leesavino.com
Facebook Goddess Group :
https://www.facebook.com/groups/LeeSavino/